U0543912

Les Livres,
Les Enfants et Les Hommes

书，儿童与成人

[法] 保罗·阿扎尔/著

梅思繁/译

北京联合出版公司
Beijing United Publishing Co.,Ltd.

图书在版编目（CIP）数据

书，儿童与成人 /（法）保罗·阿扎尔著；梅思繁译. -- 北京：北京联合出版公司，2024.6

ISBN 978-7-5596-7594-1

Ⅰ. ①书… Ⅱ. ①保… ②梅… Ⅲ. ①儿童文学—文学研究—世界 Ⅳ. ①I106.8

中国国家版本馆CIP数据核字（2024）第079825号

书，儿童与成人

作　　者：[法] 保罗·阿扎尔
译　　者：梅思繁
出 品 人：赵红仕
策划编辑：高继书　王慧敏
责任编辑：孙志文
特约编辑：桂婧琦　高继书
封面设计：张慧兰
内文排版：聯合書莊

北京联合出版公司出版
（北京市西城区德外大街83号楼9层　100088）
北京联合天畅文化传播公司发行
北京美图印务有限公司印刷　新华书店经销
字数155千字　880毫米×1230毫米　1/32　7.5印张
2024年6月第1版　2024年6月第1次印刷
ISBN 978-7-5596-7594-1
定价：56.00元

译　序

打开一扇深锁已久的厚重大门

在巴黎微寒的晨风侵袭下，沿着左岸的圣米歇尔大街一路上行，你会走到一条雄伟的圣日耳曼大道上。蒙田的铜像悠然地坐落在街心花园前，他面带微笑地审视着矗立在街道另一边的风景——那创建于12世纪，欧洲最古老的大学之一：巴黎索邦大学。

矗立在“大学街”上的这一排古典建筑，威严高贵中透露着淡然和从容，神秘深邃中又流露出随意和闲散。一个又一个世纪，巴黎索邦大学养育着法兰西的精英，塑造着欧洲的灵魂。门前长廊里悬挂着的华彩吊灯发出明黄光线，吸引着来自世界各地的游客驻足停留，遐想着心灵在广阔学识的天地中轻灵高飞的迷人场景。它总是慷慨地向被压迫的生命与被扼制的声音敞开大门，因为自由的思考与人性的反思早已烙在了它的每一块砖石瓦砾上。它的每一间教室、每一座图书馆、每一段走廊都记录着历史与故事。而以某一位校友、某一位学者的名字来命名这个属于知识和自由的地方，则是索邦大学给予个人的最高荣誉。

从维克多·古森街入口处C楼梯走到三楼，迷宫一样的教室、图书馆之间藏着一个名叫保罗·阿扎尔的研究室。这是专供比较文学专业研究院的师生们会面讨论研究课题的地方。每年一篇又一篇的硕士、博士论文，在它环墙而立的书架中开题，在它陈旧的木头书桌前结尾。年复一年，从保罗·阿扎尔研究室里，走出了众多优秀的比较文学学者，他们走进了法国、意大利、西班牙、瑞士的高等学府，用不同的语言、相同的激情探索着每一种文学的特别之处，讲述着它们相融相通、震颤灵魂的伟大力量。而每当这些学者回想起昔日在索邦大学的苦读岁月时，阿扎尔这个名字总是会浮上记忆之河，温和闪烁着。

我第一次踮着脚胆怯地走进地板嘎吱作响的阿扎尔研究室，与导师讨论论文课题时，当然不可能预想到有一天我会有机会将阿扎尔的《书，儿童与成人》翻译成中文。这位保罗·阿扎尔究竟是谁呢，竟然能让屹立在左岸将近十个世纪的索邦大学谦恭地向他致以最崇敬的感谢？

阿扎尔1878年出身于法国北部一个普通的教师家庭。在完成了高中学业以后，他考入巴黎高等师范学院，并且获得了象征着文科学生至高荣誉的古典文学教师资格证。1910年，阿扎尔的博士论文《法国大革命与意大利文学（1789—1815）》在里昂大学成功完成答辩以后，他正式开始了比较文学教师和学者的职业生涯，先后任教于里昂大学和索邦大学。1925年，阿扎尔成为法兰西公学院（Le Collège de France）的比较文学在职教师。从20世纪30年代开始，他多次前往美国讲学，在哥伦比亚大学教授比较文学与法国文学。“二战”巴黎沦陷后，阿扎尔毅然选择从北美返回“花都”。1940 年，保罗·阿扎尔以比较文学学者和历史学家的双重身份当选为法兰西学院院士。然而由于战争原因，一直到去世，阿扎尔都从未被授予那件属于他的镶着绿色橄榄叶的院士服。

这位从来没有真正地坐上院士扶椅的天才学者，不但留下了影响 20 世纪整个欧洲学界的历史学术著作，还为法国乃至全世界开启了一扇文学史上从未有人踏进的神秘之门，即对儿童文学写作的理论关注与研究，以及对儿童启蒙阅读的实地观察和研究。

阿扎尔深厚的古典文学背景，对英语、意大利语、西班牙语、德语的熟练掌握，以及其接受的正统严格的法式文科逻辑教育，令他拥有传统拉丁学者博学严谨、善于理论的典型特点；而他对新世界的好奇，对旅行与发现的浓烈兴味，以及因此所积累获得的开阔视野，又令他拥有同时代普通法国学者所缺少的，更实际、民主、宽容而开放的北美色彩。他对意大利古典文学、《堂吉诃德》、司汤达和拉马丁等作者的精深钻研，通过其如同西塞罗般犀利又华彩的文字，透露出法国传统文学研究艰深扎实的人文理论背景，以及无懈可击的逻辑组织形式。在阿扎尔的研究生涯中，文学与欧洲思想发展史，是他一直着迷的两个主题。在历时多年的艰苦研究和大量实地旅行考察调研后，他于 1935 年出版了《欧洲思想的危机（1680—1715）》，该作品成为 20 世纪最重要的关注欧洲思想史的经典法语著作之一。而他 1932 年的作品《书，儿童与成人》，使他成为分析讲述儿童文学理论的第一位法兰西学院院士。

《书，儿童与成人》也许并不是保罗·阿扎尔学者生涯中最高深严谨的学术研究之作，但一定是一部独特而具有历史意义的突破性作品。它是一个传统学院派学者第一次以理论的眼光平等地分析、审视在当时既不为成人文学界所了解，也不将其接纳为严肃文学的儿童文学写作，有其自身独特的审美特点和创作过程。在以历史和文学的眼光追溯了儿童文学在欧洲各国的诞生、发展、衍变，在对西欧历史上深受儿童热爱的作家们进行了详细的文本分析、价值阐述以后，阿扎尔提出了“究竟什么才是优秀的儿童文学作品”这一自古以来被传统文学研究界藐视忽略的深刻问题。这个以意大利中世纪文学为专长，学养渊博的法国人，用他敏锐智慧的眼睛看到了儿童文学的特殊性和复杂性，看到了作为优秀的儿童文学作家所必须拥有的某些天才灵感和独特气质。他站在索邦大学的阶梯教室里，第一次将安徒生、格林兄弟等这些为儿童讲故事的灵魂请进了贤祠。为儿童书写——这项几个世纪前为院士们所不齿、嘲笑的“不正经活动”，在《书，儿童与成人》中，却成为作者眼中与成人文学站在同一高度，甚至有着更重要意义的高贵神圣的事业。

身处巨变中的欧洲社会，目睹了一系列的社会进步和民主改革，见证了北美洲新世界的崛起与飞跃，历史触角敏锐的阿扎尔留意到阅读对于现代社会中的年轻生命来说，具有非常重要的启发作用。他清楚地看到了，给予所有的儿童接触书本、文学的机会，让童年在阅读与图书馆中度过，与义务教育同样重要，也是改变底层阶级儿童命运的最好方式。他对专为儿童所设的公共图书馆进行调查、研究、描绘，让 20 世纪 30 年代的法国和整个欧洲的公共力量、教师、出版人看到了那个深藏在巴黎五区的“欢乐时光”图书馆的运作模式，从而将“幼小生命也有权利拥有属于自己的阅读空间”的理念传播到了欧洲大陆的每一个角落。

宽广而充满慈悲的欧洲人文主义精神传统，糅合着敢于创新、乐于接纳的美洲色彩，让这位留着老式上扬胡子、出入索邦古老研究院的院士有了一颗愿意从金字塔上走下来，以尊重的目光审视儿童以及他们所渴望的优秀文学的谦逊心灵。他看到了儿童灵魂中隐藏着的独立而坚韧的力量，也正是这种不会轻易屈服的有力性格，驱使他们不断地寻找属于他们自己的故事与文学。

阿扎尔的《书，儿童与成人》，为作家和出版人打开了一扇深锁已久的厚重大门。它让大家看到了为儿童书写独一无二的魅力，以及为儿童创造那一本本小书的珍贵与特别。阿扎尔为未来无数的学者开辟了一片荒芜辽阔又令人激情澎湃的天地。一切能令年轻生命璀璨成长的未知元素，都等待着他们探索与研究。他更为无数儿童拨开云雾，让他们在阅读中长出一双想象的翅膀，在无限宽广的儿童王国中自由飞翔。

在今天的欧洲大陆上，如“欢乐时光”一样的公共儿童图书馆早已遍布每个城市、每个街区。阿扎尔书中描绘的小孩子们围坐在一起听图书管理员读童话的情景，也早就成了法国大小学校、图书馆每周三下午的常规活动。无数读着《格列佛游记》和《鲁滨逊漂流记》长大的昔日的稚嫩生命，此刻也许正坐在索邦大学那个名叫保罗·阿扎尔的研究室里，书写着他们饱满多彩的人生之路。

古老高贵的索邦大学将保罗·阿扎尔的名字精心地雕刻在了它辉煌的长廊上。而我们——作家、出版人、教师、图书管理员，也请像这位有着温柔心灵的院士一样牢记着：捍卫幼小生命中珍贵的“欢乐时光”，应该是你我时刻的牵挂与一生的信仰。

梅思繁

2013 年 6 月 14 日

于法国巴黎

序 言

努力让儿童拥有终身与书本相伴的习惯

在这个问题上，你们是极其正确的——作者、出版人、图书经营商、读者，我们所有的人必须一齐努力，来捍卫思想的权利！当印刷与装订的成本达到叫人不可思议的昂贵价格时，至少我们应该避免过高的赋税额度，避免让任何一本优秀的作品成为静躺在橱窗后仅供人们观望的奢侈品。要尝试各种手段来刺激销售额：将书店里的店员都培训成一个个专业的图书顾问，有能力为顾客提供某些购买参考意见；把赠送书籍变成和赠送花朵、巧克力一样的日常习惯，在这一点上要向英国人学习，因为他们早已养成了在圣诞节期间向朋友赠送购书券作为礼物的习惯。当别人送给你一本小说的时候，很有可能这本书并不符合你的口味；而让你自己选择一本喜欢的小说作为礼物，这行为本身其实已经被赋予了双重的愉悦成分在其中。

但是在任何情况下，如果年轻的生命不站在我们这一边，那么一切的行动都将是收效甚微的。这不仅仅是因为儿童是其中最受威胁的人群——他们将会逐渐失去在较为成熟的成年人身上依然保留着的、对书本的尊重和热爱。而且还因为未来的一切都将依靠他们来创造抒写。如果你们希望花朵绽放得热烈美好，那么请在春天时就投入行动。

让儿童养成终身与书本相依相伴、不可分离的习惯，将是至关重要的。在某一些地方，一切都需要从头做起。当我写下这些文字的时候，我正在一个小村庄的市镇政府里，这里的成年人唯一的阅读内容是报纸上那些当地的新闻或者犯罪事件的报道。他们从来都不会想到去翻开一本书。我在旧书架上找到了一些陈旧的书本，因为缺少费用，人们既不更新也不添置任何其他的书籍。学校里的儿童极少有阅读这些书的欲望，青少年更是任由它们在灰尘中沉睡着。我很清楚，这里的情况是少见且较为极端的。然而，一片无限宽广的田野依然在等待着这个国家的教育者去开垦耕种。我梦想有一天能看到，在他们的努力下，出现越来越多为儿童设立的美好的图书馆。在热情迎接他们的图书馆里，儿童感觉好像置身于家园中。无数愉悦的时光等待着他们，而他们只需要轻轻地将书握在手中。我梦想有一天能看到，所有的市立图书馆都拥有吸引儿童走进去的能力。我梦想有一天能看到，我们的学校图书馆少一些纯粹的教育色彩，多一些友好的俱乐部形式，让学生自行管理。我梦想有一天能看到，在我们的小学与中学教程中，引入和哈佛大学同样的“阅读时光”理念——在这段时间里，所有的课程都将被暂停，学生唯一需要做的就是阅读，然后再将他们的读书印象第一时间以文字的形式表达出来。

然而，当我列举这样那样的例子表达着各种愿望，当我描绘着各种理想的前景和可能时，如果没有大胆的开创精神，这些都将只是虚幻的手段和装饰。对书本的热爱，需要在唾手可得的简单快感和细致优雅的内心愉悦之间比较取舍。当我们选择后者时，某种特殊的性格、坚定不移的努力、对回归内心的依恋、深刻的反思、对躁动的抵制……这些都将影响我们的生活节奏。这也就是为什么——对书本的捍卫，它将首先是一个教育问题。

保罗·阿扎尔

1937 年 4 月 17 日

发表于《新文学》（*Les Nouvelles Littéraires*）

目　录

I

成人长期以来对儿童的压迫

扭曲年幼的心灵，利用某种便捷制造生产虚假而令人难以消化的书籍，以廉价的道学家和博学人士做装点，忽略这些本质的优点，即我所称之为的“对儿童的压迫”。

01

被压制的儿童王国

人在步入衰老阶段以后，模样是不怎么好看的，由于对自己的容貌不再在意呵护，那张面具会猝然掉落下来，于是脸孔仿佛在一夜之间老了十岁：细密的皱纹，成片的红血丝，灼热又疲倦的眼睛。发黄的皮肤开始被斑点慢慢覆盖，即使用上全世界的阿拉伯香水也无济于事。干燥浮肿的脖颈，展现着难以掩饰的丑陋颓残。躯干也开始变得疲软，双腿日益僵直……自然残忍地令他们知晓，它将不再需要他们。时光流逝，他们也可以就此逝去了。

通常，他们的灵魂也并不比身体保存得更好——灵魂失去了往日的新鲜，在世间万象中变得陈旧腐朽。每当想象力想要展翅高飞的时候，灵魂就扼杀了它。渐渐地，他们再也不敢想象了。他们建起了一堵理智的墙壁，并将它打造得日益坚固，难以逾越。成年人是不自由的，他们是自己的囚犯。即使在游戏的时候，他们也总是有明确目的的——他们为了放松而游戏，为了遗忘自己所剩时日不多而玩耍，但他们从来不为了游戏而游戏。

儿童的王国距离这一切则非常遥远。住在这片国度里的生命，好像是一种全然不同的存在——在他们身上，有一种奇异的、不知疲倦的充盈与丰富。他们从早到晚都在奔跑、喊叫、争吵，来来回回跳跃，睡眠只是为了明天早晨好继续开始今天的一切。他们弱小而不够灵敏的身体，却已经成为一个迫切焦急的希望。他们富有，因为他们拥有一切绚丽的可能。想象已经不仅仅是他们首要的快乐了，而是他们拥有自由的象征，是他们生命的动力。理智还未将他们捆绑起来，虽然在未来的日子里，他们将了解到它的狭隘。他们将自己的梦投射在云朵上。这些幸福的生命没有烦恼，没有利益，没有包袱地玩耍游戏着。

然而，想象力是无法自己养育自己的，儿童心智的成长也并不仅仅只需要面包，他们还需要其他的养料。于是他们向那些给予了他们家、衣服和爱的人索取。成年人是儿童在各种困难时刻的有力依靠，他们让儿童在面对影子、黑暗和大灰狼的时候不再恐惧。孩子恳求大人在讲述中给予他们种种关于这个世界的最初画面，当然他们会不停地改变、打破这些印象，再创造更新更美好的。他们的要求总是庞大得有点难以满足，大人还没有讲完，他们就迫不及待地喊道：“再讲一遍！再讲一遍！”一旦他们学会了阅读，他们便期待着那些黑色的字眼在眼睛里创造各种奇迹。读着美好又有趣的书，这是多么愉悦的事情！他们的世界将会变得多么宽广！不过，他们依然觉得自己是在游戏，只是这一次的游戏显得越发宏大了！他们再也不需要请求母亲们从记忆中搜寻她们还是小女孩的时候热爱的那些故事了。而母亲们年幼时，也曾经向祖母们提出过同样的请求。在儿童自己翻动书页时，最美丽的童话将跳跃出来。然而从此时起，一个漫长的误会也即将拉开序幕。

因为成年人（除了那些幸运的、癫狂的，还有几位诗人，上帝给予了他们理解儿童语言的能力，如同仙女懂得鸟儿的话语一般）长期以来都无法给予儿童他们真正渴求的。成人在审视自我时，总是觉得自己是高大美丽的，于是他们将带有他们特征的、混合着他们实际精神和信仰的、充斥着虚伪和精神局限的书籍给予儿童。他们把那些流淌着无趣、令人想终身远离智慧的书籍拿给孩子。各种愚蠢空洞的书籍，沉重而急于炫耀博学知识的书籍，令灵魂中自发性瘫痪的书籍，几十本上百本荒唐的书籍，像春天的惊雷那样敲打下来。令年轻的心窒息得越快，把自由的意识和游戏的精神抹杀得越彻底，成人越是对自己感到满意——因为他们及时地将儿童拉到了和自己一样的高度，那象征着完美的至高境界。

这种压迫——比之今天——在过去的日子里更为沉重。昔日的成年人虽然深陷在偏见中，但比今天的人们更自信、更权威地以为，自己掌握着不容辩驳的真理。他们之所以表现得如此，并不是出于某种恶意，而是因为愚蠢，因为缺少视野和柔软性。他们坚信存在着某种高高在上的智慧，它能够让人洞晓生命中的一切秘密。而俯身倾听童年则会令他们失去成年人的骄傲与尊严。

如此局面尤其应当归咎于人类悲惨的生存情形——它令人与人之间的呼喊总是难以呼应，相互间的理解更是艰难。我们与自己爱的人之间也常常产生误会。在不和谐的节奏中，哪怕刚开始的意愿是美好的，渐渐地也迷失了轨道，最终无法重逢了。这一切当然绝非出自恶意。只是当儿童向成人请求帮助的时候，大人们非但没有给予他们所需要的，反而将他们最痛恨的予以赠送。成人没有给予儿童那些令灵魂变得灿烂的故事，而是迫不及待地把庞大而难以消化的知识体系、不容置疑的道德准则，强行灌输给儿童。我们能够听见这场对话是如何误解重重地推进着：儿童与成人各自诉说着，却无法互相理解。

“给我们书籍吧，”儿童说，“给予我们飞翔的翅膀。既然你们是如此的强壮有力，请帮助我们逃离到那个遥远的国度去吧；请为我们建造天蓝色的城堡，让它的四周被璀璨的花园环抱着；请指给我们看在明亮的月色下散步的仙女们。我们愿意学习学校里教授的所有知识，但是也请你们让我们拥有梦幻。”

“我们的孩子们已经会阅读了，他们正在长大。”成年人说，“他们向我们索要书本，这个时候应该好好利用他们的好奇心和求知欲。我们可以假装建造那些他们喜欢的城堡，当然要以我们的方式，因为最终智慧还是掌握在我们的手里。我们可以在城堡里布置一间被完美地隐藏起来的教室；我们可以在花园里种上让他们以为是花朵的蔬菜；在长廊的拐角处将会出现理智、秩序、智慧、自然史、物理和化学；在保姆所讲的故事中隐藏着的，则是我们向孩子讲述的博学故事。他们是如此天真，这一切他们都不一定会察觉。他们以为从早到晚都在游戏，事实上，他们一直都在学习。”

童年温柔美好，无须背负生活的沉重，这段富足的、被人引领的同时也预先收获着人生精彩的时光，成人却要将它抹去。这些属于儿童的画面：当巨人跨着大步前行时，小矮人们一个个紧挨着身体藏在树根下；河流与它流淌而过的田野亲切地聊着天，天空慢慢开启一个缝隙让仙女一跃而过……所有这些属于儿童的风景，成人都将它们摧毁了——他们想要开发森林，寻找各种资源，然后分秒必争地建造工厂。为此，他们甚至不惜用上各种欺骗的伎俩。他们宣称要带着儿童穿越田野，实际上他们是想教会儿童如何丈量土地；他们说要带孩子去路易叔叔家，那里不但能遇到很多同龄的小朋友，而且还有美味的点心。结果这位路易叔叔是个物理学爱好者，一上来就给孩子教授关于电力和地球引力的课程。成人不但要把想象力赶走，向梦幻开战，而且还要小孩充满信仰地重复道：“我在不知不觉中学习；虽然我将游戏的时间都用来学习了，但是我并没有察觉到这一点；虽然大人们给我的东西与我索要的恰恰相反，但我对此并没有怀疑；我不停地打哈欠，那是因为我很愉快；我虽然觉得无聊，但我依然兴致勃勃……”

02

夏尔·佩罗：为儿童书写的第一人

在美术馆的古老画作里，我们常常能看到小女孩们的肖像：她们穿着笔直的木鞋、沉重的丝绒裙子，腰身被囚禁在马甲里，脖子上绑着紧紧的丝带，头上戴着羽毛做成的沉重帽子。此外，还有各种链子、戒指、胸针……可以想象，她们因为这身装扮要受多少苦！我们想把她们从画中解脱出来，给她们柔软轻薄、适合她们年幼身体穿着的裙子；我们甚至想把她们从那类似男人的穿着里，从那些沉重不堪的金属盔甲、皮质装备和高筒靴里解放出来。虽然她们站在那里摆出英雄式的姿势，可她们的神情里却透露着可笑和不幸。如果那么多世纪以来，成人们从来都没有想过要给儿童合适的衣服穿，那么他们又怎么会想到要给予儿童合适的书籍呢？

让我们看看手写的年代，看看阅读依然属于教士特权的时代。但当印刷术出现，文艺复兴来临，世界得以解放时，人们为儿童做了些什么呢？少到几乎什么都没有做。成人满足于把桌子上残留下来的“面包屑”抛下来给小孩，比如那些关于宗教、礼仪的书籍就是其中几粒。小孩们不满意，那就拉倒，反正他们是没有发言权的。成人可以让保姆、女仆、厨师等所有一切下等人给小孩们讲故事。但是印在纸上的童话，那是留给成人的，与儿童无关。印刷术不是为儿童而发明的，即使在某种程度上对他们有用，也仅限于向他们重复《圣经》《十诫》以及“A，B，C……”。如果儿童一定要找些什么娱乐的话，那么他们只需要去读那些拉丁语作品就行了。他们可以读读奥维德[1]，他的作品里至少有关于动物变形的内容；或者读读维吉尔[2]、斯塔提乌斯[3]。因为在成人的世界里存在着这么一种绝对逻辑：拉丁语作品既然能让大人读得津津有味，那么也一定能让儿童充满兴趣。

有哪一刻成人会想到，除了来自学校的阅读、教义问答和语法外，也许儿童还需要其他的读物？有哪个革新者会意识到儿童读物存在的必要性，并敢于为此奉献时间与精力？有哪个明智的观察者在他垂下眼睛时，会发现周围还有那么一群小孩？又有哪个善良的创造者会设想给儿童提供无限的乐趣，令他们终于能够

[1] 奥维德（Publius Ovidius Naso，前 43 — 约 17），古罗马诗人，著有《变形记》《爱的艺术》等。——译注

[2] 维吉尔（Publius Vergilius Maro，前 70 — 前 19），古罗马诗人，史诗《埃涅阿斯纪》的作者。——译注

[3] 斯塔提乌斯（Publius Papinius Statius，约 45 — 96），古罗马诗人，著有《底比斯战纪》《阿喀琉斯纪》等史诗作品。——译注

拥有一本属于自己的书？

最后，这一切在法国迸发了出来。这显然不是毫无困难、未经准备酝酿就发生的事件，而是经历了一个又一个世纪，故事被一点点地、缓慢地编织出来。它必须等到路易十四统治时期，当英雄主义和古典主义被厌倦了以后，回归神奇想象的愿望得以重新萌发，局面才发生了改变；它必须等到童话和故事占领了上流社会的沙龙，势不可当；它必须依靠很多女人（她们本身就更具激情、感性）在一次又一次讲故事给朋友们听了以后，再把它们印刷成书：她们是多尔诺瓦夫人[1]、埃尔缇耶小姐（Mademoiselle Lhéritiet）、贝尔纳小姐（Mademoiselle Bernard）。在此期间，它还必须等待一个擅长各种文体的法兰西学院院士、一个喜欢矛盾与丑闻的作家——夏尔·佩罗（Charles Perrault），将《格丽瑟莉蒂丝》（*La Patience de Griselidis*）、《可笑的愿望》（*Les Souhaits Ridicules*）、《驴皮公主》（*Peau d'Ane*）以诗歌的形式写出来。不过，这种形式的创作引发了布瓦洛[2]的愤怒，他满怀轻蔑地将这些作品称为"由法兰西学院的佩罗先生用诗歌写成的'穿着驴皮的公主和长着香肠鼻子的女人'"。它还必须等到夏尔·佩罗把故事从

---

[1]　多尔诺瓦夫人（Madame/Marie-Catherine d'Aulnoy，1650—1705），法国著名童话作家。代表作《蓝鸟》《白猫》《林中小鹿》。——编者注（本书中无特殊说明的脚注均为编者注）

[2]　布瓦洛（Nicolas Boileau Despreaux，1636—1711），法国诗人、文学理论家。被称为古典主义的立法者和发言人。最重要的文艺理论专著是1674年出版的《诗的艺术》。

夏尔·佩罗

《小拇指》（源自 1697 年版本）

《小红帽》（源自《佩罗童话》，1777 年版本）

诗歌再改写成散文，在犹豫和不时地羞愧中，以儿子皮埃尔·达尔曼库厄的名字作为作者名——因为身为一个法兰西学院院士，他大可以写那些讽刺诗歌，他对当代作家的偏爱也自然会引起一连串的风暴，但是作为一个为儿童书写印刷童话的院士，那是前所未有的。

1697年，他居然敢把《附道德训诫的古代故事》[1]交到了印刷商巴办的手里。从乡下来到巴黎的“鹅妈妈”，令法国和全世界的儿童第一次拥有了一本如他们所向往的、美好而清新的书。从此，他们再也不愿意离开它。他们永远都不会忘记小红帽和那只凶恶地把小红帽吞进肚子里的狼。他们永远都不会忘记小拇指，以及小拇指给他们灵魂上带来的颤抖。情感在他们幼小的身体里颤动、澎湃，激起了强烈的同情心！

在《小拇指》中，可怜的砍柴人尽管每天不停地干活，可依然养不活自己的孩子，所以不得不同他们分开。在森林里迷了路的小孩，什么吃的都没有，他们是多么恐惧！夜色降临，寒风穿过树枝，他们哀伤地哭泣着。希望和焦虑并存交替着，他们来到魔鬼的房子里寻求庇护。魔鬼的妻子想解救他们，可是饥肠辘辘的食人魔已经闻到了新鲜肉身的气味，并准备把他们杀了吃掉。聪明的小拇指终于想出了办法，让魔鬼弄错了对象，误杀了自己

[1] 《附道德训诫的古代故事》英文名为 *Stories or Tales from Past Times, with Morals*，法文名为 *Histoires ou contes du temps passé, avec des moralités*。这本书后来通常被称为《鹅妈妈故事集》。

的孩子。

故事中，那些可怕的场景：魔鬼磨着长长的刀，穿上千里靴，健步如飞地穿过河流和森林去追逐小拇指；魔鬼在小拇指他们躲藏的洞穴上呼呼大睡。那些令人欢喜的画面：妈妈与孩子们重逢的喜悦——她紧紧地将他们拥抱在怀里，他们亲吻着妈妈！这些《小拇指》的读者，在人生未来的岁月里还会欣赏到很多其他的故事。他们可能会通过图画，或者通过生活来了解它们。然而，他们再也不会像儿时阅读《小拇指》那样，感受到自己的心跟随紧张的故事跳动得如此有力。

当有一天他们凝视着世界上最美丽的地方时，他们也无法体会到“安娜绝望地望着地平线，眼前明黄的阳光照耀着青葱的山脉”[1]这一幕带来的震慑人心的力量。是的，安娜站在屋顶等待着她勇敢无畏的兄弟出现来解救他们的妹妹。这对兄弟一个是火枪手，另一个是龙骑兵；一个象征拯救者，另一个象征生命。

听听那笑声！穿靴子的猫是何等机智聪慧，滑稽好玩！他四处吹嘘主人是如何富有，国王居然都相信了，还把自己的女儿嫁给了那个年轻人！与国王的每一次会面，他都不放过夸奖主人的机会。孩子们永远都不会忘记，猫藏在靴子里的小爪子是如何飞奔在田野间，到处威胁那些农民的：谁要是敢说葡萄、小麦、田地不是属于卡拉巴侯爵的，谁的脑袋就会被他的主人砍下来。他们永远都不会忘记，猫是怎样大胆地来到食人魔的宫殿，花言巧

[1] 出自夏尔·佩罗的童话故事《蓝胡子》。

语地让危险的魔鬼变成了一只小老鼠。而就在高傲又愚蠢的魔鬼变成老鼠的那一瞬间，穿靴子的猫猛地把他逮住，一口吞进了肚子里……这些画面让我们一想到就忍不住开怀大笑起来。

佩罗的故事清新如同晨曦，令人不时地在他的文字间发掘出各种美妙之处：机智、幽默和一种轻而易举地优雅。他似乎从来都能轻松地找到解决方法，四两拨千斤地举起沉重的包袱。他也无须寻求旁人赞同的眼光。他只是在愉快与享受中尽情讲述着精彩绝伦的故事。时不时地，他也会通过几个字词、几段对话，露出自己的面孔来。但是很快，他就又把自己的脑袋藏了起来。因为他懂得，缺少含蓄和隐蔽往往是故事中致命的弱点。所以，他让角色自己行动，而他躲在后面由他们任性，然后把他们的语言一句一句地捡拾收藏起来。他的语言多么明快、简洁！正如圣伯夫[1]所说的“这是唯一一个永远不会令人厌倦的优点”，却也是唯一能打动所有灵魂的优点……

---

[1] 圣伯夫（Charles -Augustin Sainte -Beuve，1804—1869），法国 19 世纪下半叶的一位重要作家、文学评论家。——译注

03

当想象力遇见理性

由一部杰作来开启创造儿童读物的道路，这着实是件美好的事情。然而，没过多久，月桂树的叶子就被砍去，狂欢节也临近了尾声——因为仙女们的敌人马上就要出现了。她们只是很短暂地当了一会儿舞台上的主角。因为她们有幸遇上了两个世纪之间的交替时光：一个庄严伟大却即将逝去威严的世纪和一个充满了理性批评精神却依然年轻稚嫩的世纪。紧接着到来的新思潮，是理性。仙女们该如何抵制这股如此强硬、无人能与之抗衡的思潮？她们该如何把自己藏起来，躲开理性之光的照射？这旨在照亮整个宇宙的启蒙光线，让仙女们无处藏身，只好慢慢等待合适的现身时机。这个荒唐的念头——一个伟大杰出的作家也能为儿童写作，立即就被磨灭了。此时，诞生出了另一个理念：寓教于乐。这的确不是一个坏主意，只是，教育很快就把扼杀娱乐变成了它的义务。成人摆到孩子面前的，始终是那些掺了一点点蜂蜜的汤药。

珍妮–玛丽·勒普兰斯·德博蒙[1]女士称自己为“智慧的家庭教师”，在婚姻生活中遭遇了失望与不幸后，她投身于教育事业。她穿越英吉利海峡，来到英国，成为一名儿童教师。在不辞辛劳地书写了七十卷书后，她在1757年出版了一本名叫《儿童商店》（*Le Magasin des enfants*）的书。“儿童商店”，多么惊人的标题！

> 《儿童商店》，或者我们也可以把它叫作“一个充满智慧的家庭教师和她最优秀的学生之间的对话”。在这些对话中，教师让年轻的小人儿在各自天赋、性格、喜好的指引下，思考、交谈和行动。我们将会给他们指出他们这个年纪的缺点在何处，该以什么方法来纠正。心灵的塑造和智慧的启蒙对我们来说是同样重要的。我们将给他们提供关于宗教史、寓言、地理等内容的简编书籍。充满道德信息和有用价值的童话故事，将以简洁的风格由勒普兰斯·德博蒙女士来书写，旨在以一种怡人的方式来愉悦儿童温柔的灵魂。

于是，想象力和敏感心灵将不再被认为是有价值的，而变成了一个家庭教师用来更有效地令儿童把知识吞咽下肚的手段和方法。从此人们陷入了一种可怕的逻辑，即儿童是没有一分钟的时

[1] 珍妮–玛丽·勒普兰斯·德博蒙（Jeanne -Marie Leprince de Beaumont，1711—1780），法国18世纪最有代表性的儿童文学作家之一，主要作品有《美女与野兽》。

间可以浪费的，一分钟都没有。即使在课间休息的时候，他们也必须致力于把自己尽快变成一个小老头。

其实，勒普兰斯·德博蒙女士是有点犹豫的。因为她的心中，不仅有些诗意，而且还存留着人性。“所有写童话的人，并不一定是说谎的人，”她试图为他们减轻些罪状，“因为他们的目的并不是欺骗人们。”她向人们道歉，因为美丽的童话，她也曾经读了不少，讲述了不少。

她写出了《美女与野兽》，因此也应该原谅她。让我们再回到那些拥有美好故事的过去，读读那些动人的故事！你们一定还记得那个美女，她是如何被嫉妒自己的姐姐们折磨的——因为她是这世上最美丽的，也是最善良的女孩。你们也一定记得那个野兽，他是怎么含情脉脉地爱恋着美女，可他的样子如此骇人，令他不敢现身与心爱的女孩相见。当美女来到野兽的宫殿时，她被娇宠得如同一位王后。她还来不及许下一个愿望，他就已经替她实现了。他用金子做餐盘，给她摆上美味的食物；他用动听的音乐助她入眠；他在花园里采下献给她的玫瑰，和天堂里的一样芬芳娇艳。每一次当野兽来到美女的面前时，他都怀揣着也许努力就会令她爱上自己的心愿，而美女却终究因为他丑陋的外表而感到恶心，只能给予他那么一点点友谊。终于有一天，野兽躺在草丛中，在绝望中悲伤地死去了。而爱情却在那一刻，伴随着怜悯诞生了。一旦爱情露出了它的面孔，丑陋就立即消失了。

《美女与野兽》(源自《儿童商店》,1808 年版本)

> “我亲爱的野兽，您不会死去的。”美女对他说，“您会活下来，因为您将成为我的丈夫。从这一刻起，我将我的双手交付于您，我发誓终身只属于您。我曾经以为我对您只有友谊，我不知道如果再也见不到您，我将如何生活。”美女话音刚落，只见眼前的城堡闪烁着迷人的光芒。焰火、音乐……一切都预示着一场狂欢即将开始。然而，所有的美景都无法让美女的双眸停驻，她向她亲爱的野兽转过身去。多么惊人的一幕！野兽消失了，伏在她脚边的是一个俊美得如同爱情的王子。王子感谢她解救了自己……

写下这样文字的人，难道不值得我们宽容？难道不值得我们欣赏？

可是，这位智慧的家庭女教师却还是要刻意做出神情肃穆的样子。她说，童话错在没有教给儿童几何对称的思维。“几何对称的思维”是她自豪地反复强调的一个词语，还有一个是“理智的王国”。“所有向儿童讲述的，所有为他们写作的，为他们的眼睛创造的，都应该以此为目标。当然它们需要通过一位高明的老师，或者一位智慧的女家庭教师来教授。”她话语中隐藏着不容置疑的意味，她竭尽全力要把仙女闪亮的魔法棒变成一根不起眼的木棍子。为了让所有人都能一眼看明白她文字里的含义，她给对话里的人物取名为“好小姐、理性小姐的女家庭教师；理性小姐，十二岁；美德小姐，十二岁；蠢事小姐，七岁；暴风小姐，十三岁”。然后又让这些人物都拥有看起来最自然可爱的神情，比如：

美德小姐：低洼之国[1]在哪里？

好小姐：这个国家的领土位于北海，在法国和德国之间。它之所以被叫作“低洼之国”，是因为它所处的地域低于海平面。我们将它分成北部新教低地国和南部天主教低地国。

这就是成人娱乐儿童的方法。她以为自己聪明无比，把历史、神话切成了一小块一小块，混合着同样被切成一小块一小块的宗教史，然后再把它们捏合在一起，通过这个奇怪的混合物，教授给孩子们更多的知识。渐渐地，那些作为装点的娱乐元素越来越少，教学内容则不断增加，一直到它们侵占了全部故事。在这个过程中，故事所能呈现的知识内容越多，她就越觉得满足。最后，她的自我满足心理自然是没有了任何的限制。

这是一个叫人忧伤的故事。佩罗、多尔诺瓦夫人等人，让我们以为他们迎来了春天，花朵即将在他们的手中绽放。然而，与我们期待的恰恰相反，这座令人满怀希望的灿烂花园却渐渐凋零了，而且过早地被遗忘了……

[1] “低洼之国”，即荷兰。——译注

04

道德教育与儿童书籍

到了卢梭让世人听见他声音的时候了——这个扰乱了所有意识的声音，这个质疑着一切艺术、政治和爱情的声音。既然给予人们新的活力是他的目的，那么重新审视教育也必然是他的首要任务。虽然他并没有投身于为儿童找寻合适的阅读书籍的行动中去（因为他在《爱弥尔》里把除了《鲁滨逊漂流记》以外的儿童书籍统统排斥在外），但是他提出了以自由发挥来对抗机械式教育，以天性来对抗虚假表面的理论。人们将此称为一场革命。

作家们以为自己谨遵着卢梭的理论。事实上，从此以后，这些心里想着年轻读者的作家留下的，却是与卢梭的理念截然相反的东西。只要一拿起笔，什么天性自然、自由发挥，他们就全然不知了。他们能做到的恰恰只有虚假造作，以解放儿童为借口，压迫着孩子的灵魂。这些号称只在大自然中劳作，满嘴谈论着阳光、雨水，甚至风暴的有益之处的教育家，却毫不犹豫地把象征着未来的花草放进温室，强行修剪他们，让他们顺着博学的方向生长。他们的教育方法比我们现在的更武断专制，因为我们至少不会吹嘘自己是如何遵从自然天性的。

这也许源自他们的理论导师——卢梭，因为他每次刚刚往前走了三步，就又立即后退了三步。只要稍微觉得自己前进得迅速激烈了一些，他就会立即变得胆小犹疑起来，于是革命家很快又变成了保守主义者。他一边极力倡导自由教育，一边在学生身边摆上一个督导老师，陪伴监督着儿童的一切行为需要。只要是有利于教学的经验，他都不惜代价地人为改变加工，让它适合儿童的学习。

也许也是因为他习惯了把一切都渲染得悲情壮烈，所以在他以后，这世界上就再也不存在不撕心裂肺、不感天动地的人物了——无论是圣普勒还是朱利，或是其他男人、女人和小孩。从此再也没有简单和自然，再也没有娱乐和游戏。将情感深藏于心，在孤独中思考将不再被欣赏，而拥有如同古罗马演说家一般的激情才辩，将感情毫无保留地外露表现才是至关重要的。每一个时代都拥有属于它的印记，而每一个时代又都坚信自己将是永恒的、高高在上的。于是，这个时代就将它的种种印记全部强加到还未走上世界舞台的儿童身上。尽管它最初是带着美好的意愿——为了让年轻的生命更有用，但它却仍然不惜以压迫儿童为代价。

* * *

让利斯女士（Madame de Genlis）以她独特的方式成为卢

梭的弟子，谨遵他的教诲。她吹嘘自己是第一个拥有一张书桌来写作的女人。从前的她，优雅地坐在某一间屋子的某一个角落里书写；后来的她，因为有了书桌，写作这件事也马上变得庄严肃穆了。她繁复的女性服饰下，藏着小小的身体；扑了粉的假发下，露出娇小的脑袋。她其实是希望自己看起来能更威严大气的，好让她看上去还有那么点权威。虽然她的外表不怎么起眼，但是她内心里却有两个狂热的愿望：第一，让自己成为耀眼的重要人物。她的童年不能说是不幸福的。她的父亲是个眼光高远，但高远得超过口袋里实际能力的男人。他买下一块地，然后又借债买下另一块，以至于他的一生就耗费在不停地寻找钱财来支付一幢又一幢的城堡。为了寻找发财的机会，他甚至来到了圣多明各[1]。在这里，他被英国人俘虏，虽然他们释放了他，但他却死在了返家的路途中。当习惯了他过的这种生活，家人们也就不再期待他会经常出现在家里了。

斯特凡妮·费利西泰·迪克雷（Stéphanie-Félicité du Crest），是让利斯女士的真名。她喜欢在位于卢瓦尔圣奥班（Saint-Aubin-sur-Loire）那幢还没有付清钱款的城堡的花园里奔跑，爬树，任由灌木丛把她的裙子撕烂，任由身体里无尽的能量尽情释放。不过，她的母亲热爱的是社交生活。不是只有巴黎的人们才沉醉于社交的，外省的人一样可以为它如痴如狂。在巴黎，人们带着怀疑的态度热爱社交，而在外省，它是一种被当成人生目标的虔

[1] 法属圣多明各原是法国在加勒比海地区的殖民地，即如今的海地。——译注

诚热爱。七岁的女儿在一出戏剧的舞台上，无意中成为一颗闪烁着再也不愿灭去光芒的星星。那是小女孩为了向她远行归来的父亲致敬而排演的一出戏剧，其中她扮演“爱神”的角色。从那以后，小女孩再也不愿脱下戏服了。她从早到晚穿着丝质的粉色裙子，肩膀上挂着一把弓箭，背上背着蓝色的翅膀外出散步。

为了寻找财富，小女孩和母亲一起来到巴黎。她凭借高超的琴技，在各种沙龙里演奏竖琴。人们狂欢娱乐，一晚上付给她二十五个路易，第二天她就把一切忘得精光，一直等到下一场表演狂欢拉开序幕。她号称在音乐和沙龙上取得的胜利是从来没有间断过的。直到嫁给让利斯伯爵以后，她热衷于尝试各种惊世骇俗之举。比如某一天晚上，在修道院等待即将从部队归来的丈夫时，她把虔诚的修女们的脸画成了红色；比如装扮成鬼魂，吓唬村妇们；比如穿上男装，骑着马驰骋在宽阔的大路上；比如拿起外科医生的医用箱替人放血……还有其他众多自得其乐的娱乐时光。

她的第二个愿望所在，即教育。在她小的时候，大人为她安排的家庭女教师几乎跟她一样无知。在与老师达成一致意见以后，她把比菲埃神父[1]的历史著作扔到了一边，读起了关于克莱利[2]的书籍和《巴尔比耶小姐的戏剧》[3]。她什么都不懂，甚至连

---

[1] 比菲埃神父（Claude Buffier，1661—1737），众多关于哲学、历史、语法书籍的作者。——译注

[2] 克莱利（Clélie），古罗马帝国早期的一位女英雄。——译注

[3] 《巴尔比耶小姐的戏剧》（*Théâtre de Mademoiselle Barbier*）出版于 1745 年，作者是 18 世纪的法国女剧作家，玛丽–安娜·巴尔比耶（Marie-Anne Barbier，17 世纪末—1742）。——译注

教学必须掌握的一些特殊知识和方法也不知道。但她就敢站在城堡高处的露台上，给下面汇聚着的小农民们上课。她向他们承诺，如果他们能保持思想集中的话，她会以松饼或其他各种美味的食物当作奖励。她在既充满了爱，又承担着教育的新角色里，看上去是多么美丽哦！

从沙特尔公爵爱上她，让她成为自己两个女儿的家庭教师，到他甚至把儿子的教育也交到她的手中时，她就不再只是一个普通的家庭教师了——她成了王子的老师。当人生的两个愿望都得到了满足，还相互融合在一起时，她是多么愉快！虽然她对来自各方的嘲笑、从巴黎和宫廷传出的讽刺言语都了如指掌，但她依然表现出对这一职位严肃认真的态度。她在 1799 年出版了一本叫作《给年轻人们的戏剧》的书，里面包含由她创作，并由她的两个女儿卡罗琳娜和普罗歇里演绎的喜剧篇章。1782 年，让利斯女士的另一部作品问世。这是一本厚厚的书，名叫《阿代勒和泰奥多尔》（*Adèle et Théodore*）或《教育书信》。非常不幸的是，这本书不仅在法国，而且在整个欧洲都取得了巨大的成功。

儿童应该阅读什么？像从前那样读童话？当然不是。首先，童话在一切道德问题上，都没有表现出任何的道德感。提到道德，让利斯女士真是毫不让步。即使童话故事中有那么几分道德意味，但能让儿童专注的也不是它的道德内容，而是娱乐精神。童话里唯一令儿童关心的，只有那些魔法花园、钻石做成的宫殿等在现实生活中根本不存在的虚幻画面……这些缥缈的想象往往给儿童虚假的理念，延缓他们理性的进步，也让他们对那些真正有益的阅读内容产生反感。“我既不会给我的孩子读童话，也不会把《一千零一夜》交到他们手里。甚至多尔诺瓦夫人的那些童话，对这个年纪的孩子也是不适合的。”

可怜的小孩们！让利斯女士看来是不会轻易放过他们了。她先是把整幢房子都变成了教室，在饭厅里画上奥维德的《变形记》的壁画。吃午餐的时候，用晚餐的时候，每天谈论的话题都是神话，是朱庇特在做什么。方形沙龙大厅则被装饰上庞大的油画布，上面详尽地画着古罗马史：古罗马皇帝的勋章，在共和国历史上留下灿烂足迹的英雄，一个又一个的君王，一直到君士坦丁大帝；古罗马的女士们，克莱利、科涅莉亚（Cornélie）、帕茜（Porcie），还有各位皇后。另外两块木板上呈现着让利斯女士挑选的场景画面。头顶上的门自然也要充分利用，上面写着：古罗马的历史是多么丰富！接着，其他的房间里和走廊上则贴满了地理图册。一切都保持着相通的逻辑：游戏只为教学服务。拥有魔法的神奇灯笼再也不会指给小孩们看太阳先生和月亮女士、偷酒喝的女仆，或者是抓住了魔鬼尾巴的面包学徒，而会把四五百个不同的历史场景展现在他们面前，当然还要配上极为恰当的评论。纸片做的城堡、建筑游戏统统都被放到了一边。“阿代勒、泰奥多尔和其他所有孩子一样，尤其喜欢玩假扮成年女士的游戏。这个游戏在我的精心构思下，变成了一节真正的道德教育课。”真是再好不过了！散步除了教小孩们数道路两旁树木的数量，或者露台上有多少个花盆，还有其他什么用处呢？至于那些洋娃娃，不如利用它们来让女儿重复学习母亲教授的课程。让利斯女士非常自信地认为，为了保持孩子们在学习中的愉快情绪，只需要永远都别以“学习”这两个字来命名整个过程。如果让他们听到这两个字，那么所有的努力都将付诸东流。反之，哪怕从太阳升起来的那一刻一直到夜色降临，让他们不停地学习，哪怕学的是古罗马皇帝的登基年月或者艰深难懂的地理知识，孩子们都将是愉悦无比、积极兴奋的——因为这是符合自然规律的。

* * *

家庭教师让利斯女士曾宣称，适合儿童阅读的书籍是不存在的，在英国不存在，在法国也不存在，至少以前从来没有过。如今时代变了，法国终于将拥有这罕见的珍宝。让利斯女士微笑着把《在城堡里守夜》（*Les Veillées du Château*）递给孩子们，那是在《阿代勒和泰奥多尔》问世两年以后。三册整整两千页的文字，丝毫没有开玩笑的意思。

不过，《在城堡里守夜》这本书的名字听起来倒是令人满怀希望的。它会让人想起从前那些版画上的画面：夜深人静时，全家围坐在炉火边。仆人们被允许坐到主人的身边，一位年迈的女仆向大家讲述着年代久远的故事……要让这一幕真的出现，让利斯女士首先得做出一些不小的改变。在讲述这些故事的时候，她戴上了“克莱弥尔女士”这张面具，跟她的儿子恺撒和两个女儿卡罗琳娜、普罗歇里一起，来到了勃艮第的城堡。如果孩子们听话乖巧的话，她就从抽屉里拿出手稿，给他们读故事。这些本应

《附道德训诫的古代故事》（卷首版画，1697 年版本）

让年轻的读者们读得津津有味、欲罢不能的故事，其实是多么乏味无趣，违反人性！这不仅因为她笔下的人物机械僵硬，毫无情感可言，而且还因为她已经不再满足于简单地讲授道德内容，而是开始传递被那个时代当作潮流的价值观念和行为操守了。与其教育儿童要拥有真诚的怜悯与同情，不如想办法将虚假的简单和傲慢植入他们的灵魂。只有富有和强大才是有意义的，如果一个孩子的父亲不是侯爵也不是伯爵，如果他没有一座城堡，如果他没有一个修士作为家庭教师，没有一群前呼后拥的侍者，那么他根本就不配引起任何的关注和兴趣。行善助人，则必定意味着站到高台上，用尽夸张的手势慷慨地施舍情感，把自己感动得热泪盈眶。让利斯女士虽然从理论上对“人人平等”这一耶稣定下的法律原则十分认同，但在实际行动上还是有所保留的。因为她所倡导的教育方式，实际上正是为了建立起某种不平等的社会。没有受过教育的、言行粗鄙的仆人们，是不能接近的。出身良好家庭的男孩们唯一能接触，且不会受到任何不良影响的，只有农民：小主人们散完步感到饥饿时，农民会送他们牛奶和面包充饥；农民是卑微谦逊的，会因为你同他们说了话而荣幸激动得涨红了脸；农民总是知足地站在属于自己的位置上，没有任何改变现状的野心，他们是小主人身旁充满乡野气息的陪衬者。

让利斯女士针对想象力的战争，是不依不饶，一刻不停地！她要将它赶得远远的。这还不够，她还要尝试借用反叛的声音，找到属于她的位置：

晚餐过后，正是一段课间休息的时间。克莱弥尔女士有一封信需要书写，于是她将孩子们留在客厅里请修士照看。一刻钟以后，当克莱弥尔女士回来时，她发现卡罗琳娜和普罗歇里正坐在角落里阅读。

“你们在那里读什么？”克莱弥尔女士问。

“妈妈，是一本朱斯蒂娜小姐借给我们的书。”

“难道朱斯蒂娜小姐有能力指导你们的阅读吗？另外，在没有我的同意下，你们应该随便向人借书吗？”

“我正是这么对两位小姐说的，”修士打断道，他正在房间的另一头和神父下着象棋，“不过她们不愿意相信我。恺撒先生则理智得多，他一边看我们下棋，一边读《巴黎报》。”

“你们两个读的是什么书？”克莱弥尔女士继续问着。

“妈妈……是《帕西那王子和格拉绮尤斯公主》（*le Prince Percinet et la Princesse Gracieuse*）。”

“居然还是一个童话！你们居然会喜欢读童话？”

“妈妈，我错了。不过我承认，读童话总是让我很愉快。”

“为什么？”

“因为我喜欢那些五彩缤纷的奇妙故事：会变形状的人和物品，水晶城堡，金的银的一切都让我觉得很美丽……”

所有的监督、禁止就这样统统白费了。只要一转身，那些模范小孩就立即读起了从整理房间的女仆那里借来的童话。他们还红着脸向你承认，他们觉得这样的书有趣得很！让利斯女士绝对不是那种轻易容许自己的胜利就这么幻灭的人，于是她准备再使出致命的一击。小读者们既然想要想象和奇妙，很好，那就给他们。于是，她给他们讲一位年轻探险家充满惊险的故事：天上滚动着火焰，火焰又突然断裂成两条彩虹；一块令所有走到它面前的人都无法动弹的石头，好像人们的脚在这里生了根；滂沱倾盆的血雨；某种剧烈的毒药，只要刀尖那么大小的一点点，就算是疯狂的公牛也会立即倒地不醒；会画画唱歌的木偶人；带电的钥匙，只要一碰它，双手立即就会瘫痪；各种各样的龙卷风和地震；会流血的树……够多了吗？满足了吗？等一下，所有的这一切都不是奇迹。因为这些现象都是可以解释的，它们无非是一些本质简单的自然现象，很多人还亲眼见证过。而让利斯女士就亲自询问过这些见证人。在她眼里，“神秘”是一个空洞无意义的词语。天空中会出现火光，这是再正常不过的现象了，所有的旅行者都遇到过；一块让人站住不能动的石头，那是因为石头里含有磁场吸引力，仅此而已。想象力每次只要一飞起来，让利斯女士就抓住它，砍断它的翅膀，于是想象力就只能长久地滞留在地面上。

那些年对于年轻的法国读者来说，实在是不那么温存的。好像《阿代勒和泰奥多尔》和《在城堡里守夜》还不够精彩，阿诺·贝尔坎（Arnaud Berquin）从 1782 年 1 月开始出版儿童刊物《儿童的朋友》（*L'Ami des Enfans*）。小小的刊本，专为稚嫩的双手而设计。喜剧、对话、散文、书信等各种内容形式，每个月一期，从巴黎到外省都能看到它的踪影。这份刊物不但养活了贝尔坎，还让他位于巴克街的办公室也以此为生。于是，贝尔坎又推出了《青少年的朋友》(*L'Ami des Adolescents*)，再次大受欢迎。接着各种版本的儿童书籍——从金色镶边带彩页的昂贵版本到普通的廉价版相继问世，一直到十九世纪末，贝尔坎侵占着儿童读物的市场。

在贝尔坎的时代，潮流又发生了改变。仅仅表现理性已经不够了，还要在理性上增添感性的成分。一群人似乎看到了人类身上一直都存在着的能被某些事物打动的敏感地带，这发现令他们欢欣雀跃。于是他们按照一贯的做法，尽可能地夸张渲染这种感性。他们对拥有善良和简单感到无比自豪，又因为能体味到自豪而越发感到骄傲。他们向世人展示表演着，所有的手势动作都是为了让别人看得更清楚；每一个慷慨的举动，每一段精彩激昂的演说，他们都眼含热泪地欣赏着。他们自认为是拥有崇高美德的精英群体，不仅要将外部世界全部转变为赚人眼泪的悲情剧集，就连人隐秘的内心世界，他们也不放过。

贝尔坎——孩子们的朋友，扮演这个角色对他来说就像继承父亲的贵族头衔一样，不需要任何的努力又不费吹灰之力。事实上，他是个高傲自大的家伙，虚假地温柔甜蜜着，造作地悲情夸张着。让我们一起来听听贝尔坎多年的好友布伊是如何用一种强调突出的口吻，来叙述他（指贝尔坎）生命中那些最重要的事件的：

> 当时我们住在同一个旅馆，那是一处孤独静寂的居所，在蒙马特街，对面有一个花园。有一天，我们在树下交谈，他讲述着正在酝酿的新作品，而我则向他表达着我对他的羡慕。

就在这个时候，贝尔坎的朋友然格内气喘吁吁地从外面跑过来，向他宣布法兰西学院刚刚将“有用奖”[1]颁发给他。贝尔坎虽然从未期待过这样的胜利（尽管他向来谦逊），但听到这个消息后，他还是忍不住得意了起来。他温和平静的脸庞因为激动而变得红润。他自信地对我们说，这一奖项对他很重要，因为他相信那是他应得的。他是那种真正有才华，又懂得自我欣赏的人。高贵的坦白中既透露出他对自身价值的清晰认识，又丝毫没有虚荣的嫌疑……

这一切与那个年代是多么吻合！没过多久，贝尔坎就被选作路易十六儿子的私人学习导师。这时候，贝尔坎立即将他的真实面目显露了出来。他惊恐得脸色苍白，不经意间说了这么一句话：“我完了，因为我一定会喜欢上这个举世闻名的小孩。”而当他最终没有机会去喜欢上这个孩子，更没能成为孩子的导师时，贝尔坎苦涩懊恼，身心备受伤害。他对自己被怀疑、被当作吉伦特派而满心愤怒，他对不再受街区里的人们尊敬，对失去了小孩子们的喜欢而怀恨在心。他甚至都没能赢得走上断头台的光荣，就像一个被公众抛弃了的演员一样，忧伤地死去了。

贝尔坎先是以写田园和浪漫诗歌为主。渐渐地，类似的作品他虽然一直在继续创作着，但数量变得越来越少了。他极力在作

[1]　法语原文是 **prix d'utilité**，直译过来是“有用的奖”。从 **1780** 年开始，法兰西学院每年会甄选一些法语作品，以其“现阶段凸显出的对人类的有用性”为标准，颁发 **prix d'utilité** 这一奖项，即“有用奖”。——译注

品中表现温柔的感情。在积极向上的情感的左右下，他力图说服孩子们——一切都是为了一个更美好的世界。他满怀成就感地向人们表达着：春天是多么美妙；夏天是美好的；秋天是完美无缺的；冬天是没有任何缺点的。而结冰的时候觉得寒冷，或者下雨的时候觉得阴湿，这些都是多么错误的想法。他向人们证明：既然我们对利益没有任何兴趣，对穷人充满了爱，对财富不屑一顾，那我们最好就不要拥有任何的财产，这样永远都不会有打理城堡、公园，照料葡萄树，组织丰收这些烦恼；当然，拥有一块金表，不但毫无用处，而且还会令人不愉快，一个小女孩戴一块陈旧的银表就应该感到非常高兴。他还在某一出喜剧里证明，人受到各种限制要比自由自在好。让小孩子成为自己的主人，任由他们享受喜欢的食物，玩他们热爱的游戏，然后再让各种不幸像雨水一样淋在他们身上：和邻居厮打拉扯；吃得快撑破肚皮，饱受消化不良的苦；掉进河里，面对死亡……这样以后当父母再对他们说“我们给你自由”的时候，小孩子必然会害怕得颤抖了。

贝尔坎赞扬人性中美好的一面。不过，对他来说，这个世界上唯一存在的人仅限于“贵族”。由于他对贵族阶级的崇拜敬仰比让利斯女士更强烈（因为后者至少自身属于这个阶级），因此他管自己的主角们叫“德·弥里福先生、德·瓦尔库先生、德·库勒西先生”；女孩们则被叫作“阿加莎·德·圣菲莉西小姐、多罗特·德·露弗耶尔小姐”。小先生们毕恭毕敬地向小女士们鞠躬，屈膝礼行毕紧接着吻手礼。那些用来唤起富人们慷慨同情心的穷人，则汇聚世间所有的苦难于一身：父亲去世了，母亲生病了，一个断了腿的小孩，全家穷得即将活活饿死。当然有时候，还要让天气寒风刺骨，穷人们浑身颤抖，蜷缩着身体。一个不经受饥寒交迫的穷人怎么能算得上是一个合格称职的穷人呢？然后，就出现了那些富人家的小孩，他们如同头上闪着神性光环的天使一般，庄严郑重地将钱财施舍给穷人。最后，善良的施舍者和不得不接受施舍的人们好像热鲁兹[1]的画卷一样，和谐温馨地坐在了一起，情感就这样抵达顶峰了。

读贝尔坎的故事时，我们好像是在听一首无比虚假的陈旧歌曲，没有任何的简单，没有任何的自然，更没有任何的真实。他喜欢夸张一切性格：如果一个小孩本性不善，那么就把他写得既懦弱馋嘴，又易怒爱打架，当然他还是一个小偷；如果一个小孩有点任性，那么就把他描绘成在片刻间放弃学习绘画、意大利语、西班牙语、英语、德语、舞蹈、小提琴和长笛的模样。这还不止，在他的笔下，小孩们都是猛然间就会变得叫人完全认不出的形象。阿加莎有着令人难以忍受的脾气，她总是毫无顾忌地顶撞所有人，再普通的小事到了她这里都会变成一场狂风暴雨。就是这么一个小孩，居然会毫无预兆地突然就变得简单听话、温顺可人，还人见人爱了。贝尔坎还让人物讲话的时候装腔作势，看看《科兰马亚尔》（*Colin Maillard*）中的莱奥诺尔是怎么跟凶恶的罗伯特说话的吧：

[1]　热鲁兹（Jean-Baptiste Greuze，1725—1805），法国肖像画家、风俗画和历史画画家。

> 您的道歉和屈膝是一种怪异的讽刺，我对此十分鄙视。然而，即便它们是真诚的，这也无法弥补您的不诚实。事实上，如果我没有将这一切都当作是一场粗鲁的玩笑的话，我非常清楚自己会怎么做。在这一刻，我请求您，先生，请您以后再也不要开此类玩笑了，为了让我们能够继续共处……

在贝尔坎笔下，小孩说话常常是从未完成过去式直接转换到虚拟式的。他们总是泪水涟涟地出现在我们的面前。

老师们会因为学生的顽劣不堪而哭泣，但是这些苦涩的泪水马上就会变成幸福的清泉，因为学生用不了多久就会变得听话，令人欣慰。年轻的艾德沃·德·贝勒康贝是军事学校的寄宿生，他拒绝和其他学生一样遵守学校的守则，并且还固执地坚持只吃干面包。学校的军官们对此十分惊讶，强迫艾德沃和其他人一样遵守规则，但是并没有成效。对于军官们的问询，他用眼泪回答，而眼泪是有感染力的。学校的主任向负责的长官递交了一份报告：

> 长官：这些就是您要告诉我的？这孩子倒是应该生在斯巴达！
>
> 主任：问题在于，这里是不允许任何特殊性的，军事学习首先需要学生服从的就是和群体保持一致。我恐怕他的行为会给其他学生带来非常危险的影响。我已经不止十次地阻止他吃那些干面包了，但是每次我才刚下达命令，他就用他那令人心痛的、饱含眼泪的眼睛看着我。抱歉，先生，我想我自己也

忍不住流泪了。

长官：听了您的叙述，我也十分感动。

待真相大白，当我们得知艾德沃固执己见地只吃干面包是因为他的父亲——一名从军官学校毕业的学生——当初曾因为令人难以想象的贫穷困苦而只能靠干面包充饥。当可怜的父亲终于完成了学业，开始收到国家发放的生活费用时，你们自己想象故事里的所有人是怎样酣畅淋漓地号啕大哭的吧。在一本叫作《善良的心会原谅那些不小心的人儿》（*Un bon cœur fait pardonner bien des étourderies*）的书里，一位瓦尔库先生，一会儿擦左边的眼睛，一会儿擦右边的眼睛，似乎两只眼睛在向他索要它们独自哭泣的权利。再来看看这本《一束永远不会枯萎的鲜花》（*Le bouquet qui ne se flétrit jamais*）：

我并没有更多的话可以说，但是她一定将我的心看得很清楚。她颤抖的手臂压迫着我，胸脯以一种难以形容的温柔贴着我。我感觉到她的眼泪在我的脸庞上流淌，而她的眼睛却望着天空……

贝尔坎一点儿都不了解儿童吗？有时候在开始描绘他们之前，他也观察过他们。他看到他们刚出生时红红的模样，嘤嘤哭泣着，身体是那么脆弱，头是那样软塌，叫人在触摸的时候生怕会不小心碰伤了这些娇嫩的生命。他知道，在这些小东西学会走路、说话、独立吃饭以前，成年人需要给予他们多少爱。他了解他们的优点、缺点，以及行为方式：小女孩们喜欢自己漂亮的模样，小男孩们则热衷于打仗。他们生活在一个和成年人完全不同的世界，大人在这个世界里所占的位置比他们想象的要少得多。其实贝尔坎的一些喜剧既不缺少活力，戏剧动作也丝毫不贫乏。不然怎么解释他在读者中获得的不一般的成功呢？

但是，自认为是人群里最杰出的个体，贝尔坎给予读者的全部内容只有一种，那就是如同法利赛人一般的道德信息：请求上帝赐给他一个和自己一样完美的兄弟。他能够做到的最好的就是，扭曲改变儿童的思维心智，将儿童放到成人的位置，在一个注定会枯萎的社会。作为一个“近视眼”，他分不清楚什么能持久，什么是转瞬而逝，他将永恒与过客混为一谈。

“这对我的心灵将是一种何等温柔的鼓励，”贝尔坎说，“在即将站起来的那一代里，将会有无数孩子牵挂着我的名字……”千真万确，无数年轻的生命读了他写的书，无数幼小的灵魂就此被他温柔地压迫着。当我们以为，这样的例子只是少数，它只涉及很少的几位作家，也只发生在一个国家时，我们一定会觉得欣慰不少。法兰西在拥有良好意愿的前提下，依然阴差阳错地走上了专制压迫儿童的道路，成了自身错误的受害者。然而，当我们穿过英吉利海峡时，我们却看到同样的故事在英国也上演着：美丽的晨曦，是如何瞬间变得黯淡的；一个新生的节日，是如何立即被沉重的课程和学业取代的。看看英国成年人伸向孩子们的牙齿是怎样锐利尖长的吧！

05

纽伯瑞：第一家儿童书店

属于成人的书店早已遍地开花，不如创建一家只属于小男孩小女孩的书店：让他们随意进入，在书架上寻找探索着；让他们扮演客人的角色，面对纷繁的选择学习自己做决定；让他们自豪地看着专门为他们印刷、制作、绘画的书籍。这是一个多么迷人的主意！某一天在伦敦，一个叫约翰·纽伯瑞（John Newbery）的人，勇敢地推翻了各种偏见，在他的店铺前竖起一块招牌：儿童书店。亲爱的孩子们，这是一个为你们而设立的书店。

事情在1750年前后酝酿推进着。用于早期教育的书籍已经出现很久了。想象一下在纸上印着字母、十以内的数字和祈祷语的书本。它们像那些廉价餐馆的菜单一样，被镶在一个带握手的框子里，表面覆盖着近乎透明却足够坚硬的薄膜，以防止阅读时留下手印。早期教育的书籍也有其各自的范本。然而，随着时代的转变，人们渐渐希望对这些书做一些调整改变，去除那些图画，让它们变得更精致讲究。于是，字母学习和童话故事这两样元素被巧妙地结合在了一起，这个带着握手的框子看上去立即不显得那么贫乏、灰暗了。

与此同时，还存在着另一种口袋书，被那些临街兜售的小商贩们放进篮子里，卖给识字的底层老百姓看。在法国，甚至有商人卖成卷的“蓝色图书馆”系列。关于远古时代的传说、中世纪的故事，所有人们百读不厌、年代久远却充满迷人情节与色彩的故事，以拙劣的图画、粗鄙的文字，印在用来包蜡烛的粗灰纸张上，呈现在读者面前。而像各种地方故事，比如《托马斯·希克斯雷福克的故事》（*The History of Thomas Hickerthreft*）、《森林中的小孩》（*The Babes in the Wood*）、《南安普敦的贝维斯》（*Bevis of Southampton*）等等，同样也在等待着更优质的出版印刷质量。

幼稚天真的诗歌长期以来荡漾在所有人的记忆中。它们诞生在摇篮边，由母亲传授给男孩女孩们，期待某一天被整合、书写、印刷，最后出现在书本上。

这个叫约翰·纽伯瑞的人明白，以这些古老的故事、诗歌为原材料，他可以创造出各种全新的书本。他选择、简化内容，与供应商合作，寻找有能力重新书写这些题材的作家。作家们不仅要充分利用民间材料，还要按照他们个人的方式对其进行想象和再创作。他还将书的面貌变得更赏心悦目：选择优质的纸张，配上有趣的图画，装订上也更讲究。

两扇带着栅栏的玻璃窗，中间的大门敞开着，里面摆着众多童书，儿童书店的主人约翰·纽伯瑞做好了给顾客提供各种意见的准备，站在那里等待着他们的到来。他不确定他这个充满矛盾的生意能否养活自己，于是他还同时卖各种药品：用来退烧的药粉，抗绞痛的药物，健康药膏，甚至让人长命百岁的药水他也卖。要知道，卖药是当时所有人都能干的事情。但是卖书给孩子们，这个行当还没有人经营过。他就这么一便士两便士，一先令两先令地赚着钱。时不时会有那么一个红头发的汤姆，或者顶着一头金色卷发的玛丽，他们也许想读读那些古老曲折的故事，或者那些讲述如何用鹿角来听懂鸟儿、鱼类、昆虫语言的书？或者《给三英尺那么高的儿童阅读的美丽诗歌》（*Jolis poèmes pour enfants hauts de trois pieds*）、《小矮人们的商店》（*Magazin de Lilliput*）、寓言、关于仙女的童话？儿童书店就像他们的家一样，一切书籍任由他们选择。约翰·纽伯瑞把事先准备好的题了词的书送到他们手里，上面写着“把这本书送给所有听话的人儿，它来自他们的一个好朋友”。不过小孩们可千万不要弄错了地址，因为在圣保罗教区转弯口的露德佳特街还有另外一个约翰·纽伯瑞，不过后者与独一无二的、为儿童提供书看的纽伯瑞毫无关联。另一个约翰·纽伯瑞他只卖给成人看的书，这行当可不稀奇！真正的约翰·纽伯瑞在圣保罗教区 65 号，那个叫作“圣经和太阳”书社的地方。

如果小孩们弄错了地址，那可实在是有点辜负了纽伯瑞的苦心经营。也是从那一刻开始，在古老的英国，儿童文学似乎拥有了自由发展的条件。作家们从传统书店里走出来，创造着多彩的梦幻和一个个迷你的小英雄。而它们存在着的唯一目的，则是为了令儿童——这些充满了自发性，轻盈又欢乐的幼小生命——欢欣雀跃。比如那个叫姜饼吉尔（Giles Gingerbread）的小男孩，他是那么喜欢书，以至于把里面的字都吞进了肚子。

再比如汤姆·特里普（Tommy Trip），他虽然并不比小拇指汤姆大多少，但却比他还要优秀。首先，在学习早期教育书籍上的字母以后，他成为一个会认字能阅读的小孩。而将他的故事和其他一些字母穿插在一起，则会让更多儿童打开阅读这扇门。汤姆·特里普和他忠实的小狗朱勒形影不离，朱勒同时还是汤姆的坐骑。当汤姆坐在朱勒身上穿越伦敦的大街小巷时，他会在每扇门前停下来，看看孩子们都在做什么。如果他们听话的话，他会给他们留下一个苹果，或一个橙子，或其他零嘴，然后又骑着小狗飞奔离开。汤姆还是个勇敢的小孩，一听说巨人正在折磨其他孩子，他会立即出发去挑战巨人，最终胜利而归。在英国孩子的心目中，再没有比汤姆更能打动他们的人了。

不过，《两只鞋子的古蒂》（*Goody two Shoes*）[1] 是个例外。"哲学家、政治家、魔法师和所有其他有良好教养的人，请你们在 1 月 1 日，也就是新年这一天认真观察思考，希望我们能创造一种全新的生活！纽伯瑞先生打算出版一些重要的后续故事，装订精美。因此他要求所有年轻的朋友乖乖地去他的'圣经和太

[1] 这是约翰·纽伯瑞于 1765 年在伦敦出版的儿童故事，原英文名为 *The History of Little Goody Two-Shoes*。作者可能为英国著名剧作家奥利弗·哥德史密斯（Oliver Goldsmith）。

阳’书社报到。至于那些不听话的，恐怕他们就什么都不会有了……”1765年，慈善书店宣布《两只鞋子的古蒂》上市，这本书也被称为《两只鞋子的马格丽》（*Margery two Shoes*）。之所以这么叫，是因为这个马格丽那么贫穷，从来都只有一只鞋子。有一天在她拥有了两只鞋子以后，她兴奋地拿着自己的珍宝给村子里的人看，还大声叫着：“两只鞋子！我有两只鞋子了！”

* * *

纽伯瑞成功了。尽管关于《两只鞋子的古蒂》故事的来源还有很多的争议——纽伯瑞称这个故事来自一本藏于梵蒂冈的手稿，而图画则出自米开朗琪罗之手……当纽伯瑞去世，新的一代人成为社会的支柱时，他的书店依然在营业。一个叫查尔斯·兰姆[1]的人，拥有温柔又讽刺的灵魂，他和姐姐玛丽怀着既紧张焦虑又喜悦兴奋的心情，开始了对儿童书籍的调查。他们想到了这家著名的“儿童书店”。他们向书店索要《两只鞋子的古蒂》，打杂的店员费尽力气，好不容易从某个角落里找到了一本样书。而巴鲍德女士[2]、特里默女士[3]的书倒是成堆地摆放在店里。查尔

[1]　查尔斯·兰姆（Charles Lamb，1775—1834），英国散文家、剧作家、诗人。因与姐姐玛丽·兰姆合著《莎士比亚戏剧故事集》而广为人知。

[2]　巴鲍德（Anna Laetitia Barbauld，1743—1825），英国女诗人、散文家、文学评论家和儿童文学作家。——译注

[3]　特里默（Sarah Trimmer，1741—1810），英国儿童文学作家。——译注

斯·兰姆在1802年写给柯勒律治的信中，义愤填膺地诅咒巴鲍德女士和特里默女士。“期盼魔鬼早日将她们带走！”他如此写道，“这些疯狂的女人，她们为成年人和小孩留下的，只有斑斑的锈迹和致命的瘟疫……”如此强烈的愤怒来自何处？究竟是什么发生了变化？

儿童文学在这些年，脱离了原先的轨道。人们开始从洛克那里拿几个点子过来，再加上几个零星的卢梭的点子，混合进一点儿或者许多清教徒的情感，还有理智主义。所有这些奇怪的组合好像催化剂一样，催生出了大量的作品。在世纪末的萧条萎靡中，这些书统统被摆放到了纽伯瑞荣耀的橱窗里。它们全部都是同一种理论的产物，即儿童生命中的每一个钟头都应该贡献给有用的事物。这一逻辑和让利斯女士的几乎一模一样，区别只在于，英国人比起常常半途停下来的法国人，他们更懂得坚持不懈，也更固执。他们一旦开始走上这条路，就再没有什么能让他们停下来了。他们或许速度缓慢，但一定英勇无畏。因为一棵橡树的美好而喜欢它，这纯粹属于浪费时间，还不如给儿童一本能让他们立即学会算术的书，这样橡树一旦变成木材，小孩子立即就能把学的数学派上用场。我们很难想象这种教学方式所能达到的完美境界。想象一下，一个小男孩和一个小女孩在一个明媚的夏日早晨，来到花园摘草莓：

> 早餐以后，亨利、露西和妈妈一起来到花园。露西想摘六颗草莓，亨利要摘四颗。两人把他们摘来的果实放在一起，

亨利数了数，总共有十颗。露西不需要数就知道，也许是因为习惯，也许是因为她牢记在心里，六加四等于十。接着每人又继续摘了五颗，露西知道他们第一次摘的和现在的加在一起总共有二十颗。他们俩继续共摘十颗，一个人摘三颗，另一个人摘七颗，这样加起来又是十。加上前面摘的草莓，现在总共有三十颗。两人又回去摘了十颗拿回来给妈妈，这次一个人摘了八颗，另一个人摘了两颗，加上刚才的总共就有四十颗草莓……

这就是人们如何在不知不觉中教小孩学习数学的方法。哦，多么机智！多么迷人！多么叫人兴致勃勃！在这样的文学教育下，也就丝毫不奇怪，这个国家的孩子们未来将变成热爱运动和拥有实际精神的成年人。而且这两个优点似乎成为拥有幸福充盈人生所必需的，也是唯一不可缺少的品质。

接下来就只需要再加入关于道德的种种担忧。那些叫人一目了然的道德，应该是严厉而不容置疑的。所有的错误都应该毫不留情地受到惩罚。让小孩们被荆棘扎得生疼，这样他们就会知道，荆棘是刺人的；让他们被蜡油烫到，从此他们就明白蜡油是烫人的；让他们娇嫩的双脚严重地受一次伤，他们就会懂得，一双坚固的鞋子比橱窗里那些好看优雅的皮鞋更实用。让各种不同的经验在恰到好处的疼痛中收场，再向他们展示，一切理智有益的行为都将立即得到回报，而儿童在这其中的收益比一次银行操作还要划算有利。如果你把一个小男孩丢了的核桃还给他，那么他就会把你遗失的樱桃交还给你，这就叫互利互惠。如果你遇上一个神色凄惨的清扫壁炉的小孩，那么请别犹豫，施舍他一点儿。因为你很有可能会再次经过这个村子，你的马很有可能任性地将你抛入河水里，这时候，扫壁炉的小孩就能把你从水里救上来——你给他的那几个便士让你逃脱了死亡，算算其中的利益好处吧……

当我们把这些令人疯狂的书拿在手里的时候，会发现其中充斥着越来越多的愚蠢内容和越来越少的人性精神。大家可以试着阅读这些书，看看这将是一场怎样的历险。翻开一本托马斯·戴[1]的杰作，他是此类书籍的先驱者。托马斯是一个极其严肃的人，每一篇针对他的评论都说，在他的一生中，没有人见他时会微笑。结果呢，在他去世以后，所有人只要一谈到他，脸上立即现出了微笑。托马斯谨遵自己的原则去教育两个年轻的女孩，一个是孤儿，另一个是他捡回来的孩子。其目的则是在这两个女孩中选择一个合适的，做他的妻子。最终他一个都没有娶。他还有一个“写一本会让年青一代爱不释手的模范小书”的念头。大家在翻开这本书前要做好精神上的准备：从前有一个被宠坏的小孩，一个绝对令人讨厌的孩子，他的名字叫托马斯·默顿。他的父亲是一个在西印度发了财的富有的布尔乔

[1] 托马斯·戴（Thomas Day，1748—1789），英国作家，因《斯坦福和默顿的故事》（*The History of Sandford and Merton*）一书而闻名。该书强调卢梭的教育理想——自然主义教育，也是托马斯将这一教育理想应用于年轻女孩来为自己培养妻子所做的一个计划。

亚。他们的邻居，一个农民的儿子，名叫哈里·斯坦福，他某一天无意中放走了一条蛇，而这条蛇咬到了托马斯·默顿。斯坦福是个全身上下全是优点、令人赞不绝口的孩子，这是因为他接受了村里的牧师巴尔洛先生的教育。于是，老默顿先生也将儿子送到了牧师身边。接下来一百多页的叙述，讲的自然是巴尔洛先生如何滔滔不绝地向两个小孩灌输着自己过人的智慧。就这样，托马斯·默顿身上的缺点渐渐消失了，并转变成英格兰天空下，人们从未见识过的完美少年绅士……《斯坦福和默顿的故事》出版于 1783 年到 1789 年之间，无数的教师让自己的学生吞下了这个故事。

我们是不是也应该看一看，被查尔斯·兰姆诅咒的、英勇无畏的特里默女士的那个王国呢？她也许可以为自己的那本《红色喉咙的故事》申诉。但是我们不得不承认，她是尖酸又富有攻击性的！她以一种令人难以置信的残忍，对与她意见不同的人紧追不放，尤其是那些恶劣的法国作家——这些既没有信仰又不遵从任何法律、没有丝毫道德观念且不知羞耻的骗子，淫荡的无神论者，恶劣的青少年精神腐蚀剂！她满怀愤怒诅咒这些罪恶满身的人。她不仅诅咒哲学家，还与教皇的信徒们势不两立，希望将这些人投入地狱之火！如果她的文字能有些许的优美悦人，那么我们或许还能原谅她疯狂的吼叫。可她的作品不仅丑陋不堪，字里行间透出的烦人气味更是令人难以忍受。

再来看看巴鲍德女士，她将为我们描绘温柔的《后台之夜》。她打开一个资料夹，抽出一个既有教育意义又道德气息十足的故事。光一个故事就足以令人逃之夭夭！这些可怕的女人在策划一场战争：像汉娜·摩尔[1]、玛丽·沃斯通克拉夫特[2]，她们致力于将女孩变成理性的存在；玛利亚·埃奇沃思[3]，相比其他几位，她还是值得原谅的。当她放下将教学和文学混合在一起的企图时，她并不缺少天赋。但是一旦她试图寓教于乐时，她就显出令人绝望的面目了：

> 从前有个叫福兰克的男孩，他的父母对他爱护有加。他喜欢和父母待在一起，和他们一同散步。他喜欢做他们让他做的事情，而他们不喜欢他做的事情，他总是小心地回避着。当他的父亲或者母亲对他说“福兰克，把门关上”时，他立即从田野上飞奔回来，关上房门。当他们对他说“福兰克，别碰这把刀！”时，他马上把手从刀上拿开。他是一个非常听话的男孩。

令人非常遗憾的是，福兰克的父母从来没有让他不要读玛利亚·埃奇沃思的书。

---

[1] 汉娜·摩尔（Hannah More，1745—1833），英国宗教作家、慈善家。——译注

[2] 玛丽·沃斯通克拉夫特（Mary Wollstonecraft，1759—1797），英国启蒙时代著名的女性政论家、哲学家、作家与思想家，是西方女权主义思想史上的先驱。

[3] 玛利亚·埃奇沃思（Maria Edgeworth，1767—1849），英国作家，以写儿童故事和有关教育问题的著作而闻名。她被誉为“英国第一位一流的儿童文学女作家”。

06

德国儿童文学的诞生

德国的儿童文学在很长一段时间里都是一片空白的。这是歌德在讲述他最早的阅读经验时告诉我们的：

> 当时还没有为儿童设立的图书馆。成年人认为将自己习惯阅读的书籍给儿童，是很合适的事情。
>
> 除了阿摩司・夸美纽斯[1]的《世界图解》[2]外，我们并没有找到任何此类的图书。倒是带有版画的《圣经》，是我们经常翻阅的书籍。戈特弗里德的作品向我们讲述了历史中那些最璀

---

[1] 阿摩司・夸美纽斯（John Amos Comenius，1592—1670），捷克教育家、作家，西方近代教育理论的奠基者，被誉为"教育学之父"。——译注

[2] 《世界图解》（*Orbis Pictus* 或 *Orbis Sensualium Pictus*），又译作《图画中可以看见的世界》，是夸美纽斯于 1658 年出版的一本儿童教科书。它是世界上第一本图文并茂的儿童启蒙读物，被公认为是图画书的雏形。

璨的时刻；《文字学的箱子》[1]则让人领略了各种奇妙的寓言、神话故事；没过多久，在我接触了奥维德的《变形记》以后，我如饥似渴地阅读了第一卷。我年轻的头脑中立即填满了关于历险的各种画面、缤纷奇妙的形状和令人震撼的事件。我在此过程中丝毫不觉得枯燥，要求自己在重复的练习和温故知新中不断学习。相比远古时期的某些粗劣并且有可能有坏处的作品来说，费奈隆的《忒勒玛科斯历险记》[2]则含有某种值得人尊敬的道德信息，它在我的思想中留下了温和善良的印记。当然还不能忘记《鲁滨逊漂流记》……《安森上将的环球旅行》(*Le Voyage de l'amiral Anson*) 则将真实与想象结合在了一起，在水手们的思绪与生活的陪伴下，我们来到遥远广阔的世界各地，尝试用手指追随着无边无际的地球。

当我无意中阅读到某些以今天的标准来看，形式并不是最优秀，但内容却非常精彩，带领我们走近过去的书籍时，对我来说这是一种更丰富的收获。这家出版商，或者称他们为图书制造商，因为他们的《流行文字》和《流行书籍》在法兰克福也变得非常著名。当时他们因为资金困难，将书印在最劣质的纸张上，文字几乎是看不清楚的。而对我们这些小孩来说，

[1] 《文字学的箱子》(*Acerra philologica*)，17 世纪欧洲被阅读最多的一套书之一，由德国作家彼得·劳伦伯格（Peter Lauremberg，1585—1639）著。——译注

[2] 《忒勒玛科斯历险记》(*Les Aventures de Télémaque*)，法国神学家、作家弗朗索瓦·费奈隆（François de Salignac de la Mothe Fénelon，1651—1715）出版于 1699 年的作品。——译注

> 每天能在旧书商那里寻找到这些关于中世纪故事的书，是一件幸福无比的事情。《蒂尔·欧伦施皮格尔》(*Till Eulenspiegel*)、《艾蒙的四个儿子》(*Quatre Fils Aymon*)、《美丽的梅吕齐娜》(*La belle Mélusine*)、《奥古斯都大帝》(*L'Empereur Octavian*)、《福尔图纳图斯》(*Fortunatus*)、《流浪的犹太人》(*Le Juif errant*)……所有这些书都在我们的视线范围之内……我们当时觉得，当这些书被看旧了弄坏了，能立即再弄到其他的书继续看，继续将它们弄旧，这是件非常有趣的事情。[1]

儿童文学终于还是在德国诞生了。[2] 只是这一过程经过了不少努力！它在这里同样经历了一系列内在的活动：情感的苏醒，灵魂的感动，对于个人拥有某种权利的觉醒……关于教学方法的运动，在巴泽多 [3] 这位人类朋友的影响下，人们尝试将阅读与快乐的情感联系在了一起。也正是巴泽多，给予了克里斯蒂安·费利克斯·魏瑟 [4] 这位创造者新的灵感。这位有众多孩子的父亲，在1765 年发表了为自己的孩子和其他许许多多孩子创作的歌曲。魏瑟尝试着在字母学习中加入有趣的内容。没过多久，1775 年他推

---

[1] 《诗与真》(*Dichtung und Wahrheit*)，第一卷。——原注

[2] 赫尔曼·L. 克斯特,《德国儿童文学史》(*Geschichte der deutschen Jugendliteratur*)，第四版，1927 年。——原注

[3] 巴泽多（Johann Bernhard Basedow，1724—1790），德国教育改革家、教师、作家。——译注

[4] 克里斯蒂安·费利克斯·魏瑟（Christian Felix Weisse，1726—1804），德国作家，德国儿童文学的奠基人之一。——译注

《儿童的朋友》（1803 年版本）

出了一张名叫《儿童的朋友》(*Der Kinderfreund*)的报纸，这令他成为德国家喻户晓的人物。1784年，他又推出了《家庭与儿童通信》(*Briefwechsel der Familie des Kinderfreundes*)，从此作品不断。

但是我们也必须承认，如果说巴泽多具有教育的天才，可他毕竟是缺乏文学才华的；而克里斯蒂安・费利克斯・魏瑟虽然能以诗歌的形式写作，可他毕竟是缺乏诗人的灵感与才气的。只要看看他作品的题目，立即就会让人泄了气：《哦，温柔细致地完成一样功课吧》《啊，愿我是一个可亲的人！》《站起来，小懒虫们》《孩子，请你们像蜜蜂一样吧》……面对这些邀请，有谁不会心生恐惧呢？《儿童的朋友》让我们觉得不怎么容易消化。那些父亲、母亲、小孩，似乎都有点像商店里卖的蜡人像，还是把他们放在一边赶紧逃跑吧。至于后来的模仿者，自然只会更糟糕。那些连写作都还不怎么熟练的人，那些想找个不太坏的方法赚钱的人，还有那些对孩子和童年有点兴趣的人，统统书写着教育意义非凡的故事。优点和美德从来没有如此无处不在过。写作者们不停地给出各种建议。儿童阅读着饱含美德的文字，他们的心灵在不知不觉中就变得透彻崇高了。莱比锡的每一个市场上，都有大量的书籍如潮水般涌入。然而，如同那个年代的某个人所说的那样，在这些书里，你既找不到珍珠，也看不见琥珀，有的只是空空的贝壳。但是插画家们除外，因为那时的插画家常常比文字作者优秀。当然，这将是另一个课题了，与我们研究的不是同一个。

那个年代的德国作家都有着同样的缺点。巴泽多也好，魏瑟也好，都模仿着勒普兰斯・德博蒙女士。贝尔坎模仿魏瑟的

《儿童的朋友》，由托马斯·戴和萨拉·特里默翻译。托马斯·戴和萨拉·特里默则崇拜模仿着让利斯女士的作品，同时对玛利亚·埃奇沃思的欣赏也不少。英国人在翻译了《阿代勒和泰奥多尔》和《在城堡里守夜》之后，又翻译了贝尔坎的作品。这些贫乏苍白、毫无滋味的精神食粮就这样横扫了一个又一个国家，成了整个欧洲儿童的“营养”。从十八世纪末到十九世纪初发展起来的一系列作品，似乎从根本上忽视了究竟什么才是儿童所喜欢的，也否定了儿童本身的特点。它们就如同一堆巨大的垃圾，存在了整整一百年。

* * *

拯救者们终于还是到来了，从格林兄弟到安徒生，我们终于找到了他们。然而在他们到来以前，围绕在他们身边的，除了热爱炫耀学识的家伙和傻瓜外，还有成群利用此行当赚取利益的投机者！一幅多么黑暗的画面！

读者们也许会问：您不停地批评这个抨击那个，究竟什么样的文字才能令您喜欢，让您觉得是优秀的？除了童话还是童话？是不是只要一讲到知识和道德，就会让您生气？为了让您满意，一本书是不是必须什么知识都不包含？

首先，优秀的书籍是各种各样的。如果它本身是一本出色的书，即使它不在我提出的各种期待中，我也同样会满怀感激地欢迎它的到来！我期待在一本书中我们能找到的，是以下这些元素：

我欣赏那些忠于艺术本质的书籍，即那些能提供给儿童一种直觉的、直接的知识形式的书。在它们身上，拥有某种简单又能令人立即察觉到的美感。它们拥有能够激起儿童灵魂震颤的能力，并将这种震颤注入他们的生命中去。

我欣赏那些能够给予儿童他们热爱的画面的书籍。反映着周遭世界的丰富多彩的画面；既是解脱的力量，又是快乐源泉的想象的画面，让他们在被现实幽禁以前，能获得很多可贵的幸福；在时间面前能令儿童觉得安心泰然的画面，因为当欢欣岁月匆匆流过，他们将面对的是并不美好的现实。

我欣赏那些能够唤醒儿童敏感的心灵，但绝非泛滥感情的书籍。让儿童走入人类伟大的情感中去，给予他们尊重生命的情感，无论是面对动物还是面对植物；那些不会教导他们鄙视世间万物，以及人类本身神秘现象的书籍。

我欣赏那些尊重游戏的尊严和价值的书籍。让他们了解，智力与理智的训练并不一定是立即有用或者纯粹实用的。

我欣赏知识丰富的书籍，但绝非那些企图占据课间休息和娱乐时间，以所谓的毫不费力就能学到知识为谎言和借口的书籍。要知道这绝非事实，有很多东西必须付出很多的努力才能学到。我欣赏不将语法或者几何知识拙劣地装扮起来的博学的书籍；那些真正含有教学技巧和适当深浅知识的书籍；那些从不对年轻的灵魂强行灌输，懂得在他们的心中抛下种子，让它慢慢生长的书籍。我欣赏那些对知识有清晰敏锐了解的书籍，它们不会认为学识真的能解决世界上一切的问题。

我尤其欣赏向儿童讲述最困难但又是最必需的知识的、关于人类心灵的书籍。那个叫佩罗的人，在描绘缤纷闪亮的故事的同时，也智慧而优雅地告诉读者，千万不要弄错了男人、女人和小孩们的心。他总是在故事里充满了观察，却又不让人觉得沉重。在轻描淡写中勾勒出迷人的轮廓，真实有力地走进儿童灵魂深处。一个个角色的种子将在幼小的心灵中渐渐成长成熟，直到某一天开出智慧的花朵！

比如在《小拇指》里，“她虽然贫穷，但她依然是他们的母亲”“这个皮耶罗是她的长子，她对他的喜欢超过了其他几个孩子。因为他的头发有点红红的，而她的头发也是红红的”。

比如在《穿靴子的猫》里，“国王对他悉心照料。国王赐给他众多华丽的衣衫后，他看起来光彩照人（因为现在的他不但相貌英俊，还穿戴考究了）。国王的女儿觉得他很是得体。卡拉巴侯爵用尊敬又温柔的眼神看了公主几眼后，她就立即疯狂地爱上他了”。

比如在《睡美人》里，沉睡了一百年的公主醒来后看见眼前英俊的王子，她说的第一句话是：“您是我的王子吗？您的等待是有意义的。”如同费奈隆所说的，这些故事比那些庸俗的人认为的要有用且深刻得多。

最后，我也欣赏那些富有深刻道德感的书籍。不是那种一个英雄给了穷人几个钱，或者仅限于一个时代、一个国家的道德感，也不是虚伪的布尔乔亚式道德标准和虚有其表的慈善行为，更不是那些无须亲身经历，无须任何努力，由最强大的人群来决定的道德准则。我欣赏的，是那些努力让真理永远地存在下去，并且不断激励着人们内心的书籍。它们告诉人们，不受利益驱使的忠实爱情终有一天会得到回报；欲望、嫉妒、贪婪是多么低贱丑陋；满心邪恶、满口谎言的人，最终将变成一个一开口就吐出毒蛇和癞蛤蟆的人……总而言之，我欣赏那些维系着人类信仰与公正的书籍。

再让我们来听听佩罗是怎么说的吧：

> 当孩子们还不具备品尝赤裸裸的真实的能力时，将真理用适合他们幼小生命阅读的文字包裹起来，让他们在阅读中将其吞入肚中，难道不是所有父亲母亲最光荣骄傲的一项工作？这些还未被腐蚀的纯真率直的灵魂，总是饥渴地吸收着隐藏在书中的信息。看到故事里的男女主角们深陷灾难中时，他们忧伤和紧张；看到幸福降临时，他们欢呼雀跃；还有看到坏人们在各种恶劣行径之后，终于受到应有的惩罚时，孩子们是多么高兴！

我知道要满足所有这些条件是非常困难的。相比写给成年人的书，这些优点在童书中显得越发重要和必不可缺。因此，扭曲年幼的心灵，利用某种便捷制造生产虚假而令人难以消化的书籍，以廉价的道学家和博学人士做装点，忽略这些本质的优点，即我所称之为的“对儿童的压迫”。

II

—

儿童对成人的抵抗

成人企图打压儿童，但儿童会重新站起来。于是一场漫长的搏斗开始了。而这场斗争最终取得胜利的，却恰恰是弱小的那一方。

07

儿童的坚守：只做自己的国王

我们还是不要不自量力吧，儿童并不会束手就擒地任人压迫。我们希望主宰一切，但他们却依然奋力争取自由——这是一场艰难的战争。我们不停地给他们推荐这样那样我们认为优秀的书籍，可他们从小就将它们扔在了一边。哪怕那些书籍能令他们变得和乔瓦尼·皮科·德拉·米兰多拉[1]一样学识渊博，哪怕那些书籍能让他们如同所罗门一般公正，儿童还是会表现出厌恶的样子，并逃之夭夭。书店的经营商们对这一点非常清楚。他们忧伤地看着店里那些专为儿童书写的书籍堆积着，年幼的客人对它们敬而远之。如果不是叔叔阿姨、教父教母们需要为小孩买一份意外的礼物，如果不是在书商的极力推荐下，这些书籍是不可能

[1] 乔瓦尼·皮科·德拉·米兰多拉（Giovanni Pico della Mirandola，1463—1494），意大利文艺复兴时期的哲学家。——译注

自己走到孩子身边的。然而，小孩们却不会轻易投降，他们会出于礼貌地把书收下来，但是世界上没有任何力量可以强迫他们去阅读它。他们有自己抵抗的方式，并且还运用自如——跳过某些段落，某几页，某些章节……这些技巧是何等娴熟哦！只需要翻几页，看几眼，他们就能敏锐地察觉到说教气息，于是马上将这些内容跳了过去。

事实上，我欣赏这些小孩。我们成年人对待一本让自己兴味索然的书时，总是谨慎又小心，不愿意轻易把它丢进篮子里，再也不去触碰。假如把生活中一切的兴味索然和无趣都这么丢开，那生活会变成什么样子呢？我们习惯了坚持，好像无趣是为了欣赏真正的美好而必须付出的代价。我们满怀期待地等着令人欣慰的那一页出现在眼前，甚至会责怪自己哈欠连天。然而，在这一点上，儿童是没有丝毫同情心的。

让利斯女士、贝尔坎，你们通通被束之高阁，而且是必须用一把梯子才能爬得上去的最上面一层。还有英国人，你们毫不怀疑地以为自己取得了永恒的胜利，你们一样被放上阁楼，没有任何读者会读你们的书（除了那些好奇的人，希望了解一下在通往上帝的道路上，人类究竟做错了什么）。还有德国人，你们理性地推断，在寻找到应该采用的方法后，还是不可避免地犯错误。小孩们是不需要你们的，更不需要你们替他们穿上滑稽可笑的衣服。你们无非是众多被列入必读书目的作者之一。你们的书唯一有可能被阅读的时间不会超过五分钟，那还是学生回到课桌前，觉得自己必须打开这本书的五分钟，而且他以后再也不会翻开它。那些金色镶边、红色封面逐渐褪色的书籍，像极了学期结束时被强行塞到小孩手中的必读书本。这些书籍其实已经被判了刑，在欺骗了一代又一代儿童后，它们早已臭名远扬。

正如我前面所说的，儿童是会抵抗的。他们首先会表现出一种惊人的内在力量，抵制着外界最猛烈的进攻。然后，他们再将假装是自己好朋友的家伙一一驱除出去，因为在这个领域里，他们要做自己的国王。他们没有可以达成一个完全一致的意见的基础，然而他们的共同意愿却真实存在着。他们可能没有能力清晰地描述自己不喜欢的东西有什么缺点，但他们也不会相信一本不喜欢的书理应叫他们爱不释手。无论他们在年龄、性别、社会地位等方面有怎样的差异，当面对戴着面具的说教、虚伪的教育、完美无缺的小男孩和比洋娃娃还乖巧的小女孩时，他们都是一致痛恨的。因为他们能隐约感到那是来自外界的虚荣和牵绊，因为他们对缺乏真诚和虚假的东西带有一种自发的仇恨感。在成人的坚持下，儿童装作让步的样子，其实他们丝毫没有退让。成人企图打压儿童，但儿童会重新站起来。于是一场漫长的搏斗开始了。而这场斗争最终取得胜利的，却恰恰是弱小的那一方。

这正是规律所在。这些在襁褓中哭喊着的新生命最终将成为这个家中的主宰，所有的人都将服从于他，任由他的专制统治着。一个个长着浓密胡子的高大巨人弯下身体凑到他的摇篮边，捏着嗓子对他讲话，仿佛这样就能令婴儿明白自己在说些什么。他才刚开始牙牙学语，父母就模仿着他说话的样子。他给父母取各种滑稽又温柔的绰号，而他们则一生都会把这些绰号铭记在心中。有时候，听到那些老头老太太互相叫喊着属于小孩子的名字，不了解其中秘密的人总是会无比惊讶。

维克多·雨果，毫无疑问地，是站在所有荣耀的顶峰的。当他走在大街上的时候，巴黎的人民向他脱帽致敬。自我欣赏也好，骄傲满足也罢，他一样都不少。那些攻击他、批判他的人，在开始攻击批判前也必然会先向他的天才致敬。在他眼里，自己就是东方三博士，是先知，是半人半神。他不仅革新了法语和法国文学，还创造了一种哲学、一门宗教。他听懂了从影子的嘴巴里吐露出的神秘话语。然而当他的小孙子管他叫“爸爸爸”时，他也就心甘情愿地成了全家的“爸爸爸”。所有的人从此将为这个小生命付出无数心血。父亲不但将一家之主的尊严放到了第二位，而且还必须接受他在配偶心目中也将退居其次这一事实。从今往后，这个新生命的每一个举手投足，都将拥有非凡的意义——他的第一颗牙齿、第一条短裤；没有人的生日能与他的媲美；他必须拥有比父母更精美讲究的食物和衣衫。他将攻下一个又一个城池，一直到有一天他离开儿童的队伍走入成人的世界。接着他也将成为父亲，再心甘情愿地任由儿子征服自己。

那些不与儿童站在同一个高度，平等地对话，将他们称作“亲爱的小读者”的书籍；那些无法引起儿童情感共鸣，无法用画面吸引他们的眼睛，无法用活跃的想象力点燃他们思维的书籍；那些只会教和学校里所能学到的内容一模一样的，令他们昏昏欲睡、梦幻消散的书籍，儿童将一一拒绝。然而，一旦儿童发现了一本想要欢畅阅读的书时，就再没有什么能让他们改变主意了。无论是吃饭、穿衣还是其他生活技能，儿童都必须经过漫长的学习才能掌握。但是固执坚持，却好像是与生俱来的。他们要的就是这本书，而不是它边上的那一本；如果这世上的书都和它一样，那他们全部都要。他们把这些书紧紧地抓在手里，做上属于他们的记号，寻找着属于他们的乐趣。这个故事如果本身并不是为他们而写的，那也没有关系。这不过是一个与他们关系不大的细节，除非他们在这细节上发现了其他有意思的东西，否则他们才不会在乎。

是的，我要说的是，儿童在这场旷日持久的搏斗中将那些优秀著名的书变成了他们热爱的书。这些书的作者原本只为成人书写，但儿童却将他们纳入了自己的世界。

08

鲁滨逊的魅力

有那么一个阴沉古怪、终日在抱怨中度日的老头，他看起来像是这个地球上最没有可能叫小孩们喜欢的人。他总共有八个孩子，有儿有女，可是他的那些儿子早就反目成仇，女儿们呢，结婚的时候一拿到属于自己的那份嫁妆，她们对这个父亲需要尽的责任也就终止了。“她们就只会要钱，这些混账东西。”丹尼尔·笛福就是这么想的。这个连自己的孩子都不喜欢的男人，怎么会为别人的小孩写故事呢？

其实，他主要是为了钱才拿起笔的。为了像从前那些风光的日子一样，让人们继续以他为话题——人们曾经仰慕他，批判他，毁谤他，鄙视他，又敬仰他！这些过去是他无法忘记的。哪怕退休了，他还是希望自己的名字能被人记住，至少让伦敦的那些咖啡馆和书店记住。他在写作中倾诉，告诉人们年龄并没有令他澎湃的事业斑驳晦暗。他的文字是写给所有人看的：绅士、布尔乔亚、坐着轮船环绕世界做生意的商人、读着旅行手记浑身颤抖的女人。所有人，除了小孩。

他一点儿也不想当伦敦学校里替小孩擦鼻涕的督导、教师。他的家庭希望他成为一个牧师，无疑他没有屈服于家人对信仰的狂热，这也许并不是什么坏事。他对教皇至上的集权体制充满了仇恨，既定的天主教系统遭到他猛烈的诅咒、抨击。然而，他又无法准确无误地分辨善与恶。虽然他也是商人，但是却从来不愿意遵循经济和秩序的法则，去过那种一生在柜台后兢兢业业、谨小慎微、吝啬小气的生活。他喜欢灵感迸发、投机、赌博，在一夜间变成百万富翁或者倾家荡产。他喜欢财富，因为他喜欢挥霍，过着奢侈如国王般的生活，这令他即使在人生中的富裕时光，也依然手头拮据。不过，他最大的激情所在，是政治。拥抱某一理念，为它声嘶力竭地辩驳，在每天早上的报纸上将他的意见植入人们的头脑中，把击中要害的讽刺短文向对手抛掷过去，以暴力言语回击暴力攻击，让人们激动愤怒，把每一天都过成一场战役。哦，无比诱人的滋味！这才是活着。只是这个职业充满了变数和不稳定性。当他处在权力顶峰时，他是国王和所有大人物的宠儿。可是国王一死，权力从这只手被转换到了另一只手上，他立即就从顶峰摔了下来。这时候只需要一本让在位者不满意的小册子，他就会被绑到示众的柱子上，变成一个罪犯。这正是 1703 年发生在笛福身上的一幕。幸好他最终被从柱子上释放了下来。站在广场上，他并没有被人们唾弃辱骂，反而赢得了掌声和欢呼。因为这一天，人民是和他站在一起的。可是，人民不会永远地站在他这一边。那往上爬的坡路总是危险、不确定的。渐渐地，占据他全部心神思绪的只有成功了。一起又一起事件产生了轰动效应，并为他带来了金钱。起初让他维护雄辩的本质原因已经不再重要了。他甚至开始替那些互相矛盾的事物辩护，最初是一个接着一个，慢慢地变成了两个一起。他成了情报人员、特务。

就这样到了六十岁，当一切都糟糕到了一定的程度时，他选择离开伦敦。当年纪太大已经不再适合站在战斗第一线的时候，还是早点退出战场吧。于是，他在乡下住下来，开始了退休生活。

不过，事情并没有那么简单。当一个人的名字叫作丹尼尔·笛福的时候，除了死亡，根本不存在所谓的退休的。笛福又把自己投进了各种阴谋情节中，研究一个个疑团重重的案件，在和女儿们不停息的争吵中燃烧着身体里不安分的血液。为了拥有对他来说最重要的、最舒适的生活，他重新拿起了笔变成了一个写小说的人。那个叫塞尔科克[1]的水手独自在胡安·费尔南德斯群岛度过了四年零四个月，这段奇遇令他几乎变成了野人，并在返回英国后引起了伦敦社会巨大的好奇心。这故事足以让笛福灵感迸发，思如泉涌。为了早日拿到报酬，他马不停蹄地日夜书写，连重读一遍的时间都没有，就匆匆将手稿交给了出版商。1719 年，他出版了《鲁滨逊漂流记》：

[1]　塞尔科克（Alexander Selkirk，1676—1721），苏格兰水手。——译注

> 鲁滨逊·克鲁索，来自约克郡的水手，经历了一场令人难以置信的奇遇。他独自在奥里诺科河入海口，靠近美洲海岸的某一个荒无人烟的岛上生活了二十八年。一切源自一场海难，船上除了鲁滨逊以外的其他成员都遇难了。一篇不同寻常的游记，最终在鲁滨逊被海盗解救时结束。它由鲁滨逊·克鲁索本人撰写。由伦敦帕特诺斯特街（Paternoster Row）上的威廉·泰勒先生印刷。

像它一样精彩绝伦的书，恐怕这个世界上并没有那么多。

因为它被一个巨大的群体——儿童，选中了。这是一个忠心耿耿、不会轻易忘记神灵的群体。笛福的这本书并不是为儿童写的，儿童却毫不客气地将它带进了他们的世界。他们先是将那些繁复的枝节统统去除，待那些沉重的元素被扫除以后，如滚滚河水般宽广的笛福的文字才没有阻碍地流淌进来：关于人类生存的一切，通过极端的变数与灾难展现在了眼前；过度的财富舒适常常会变成不幸的根源；懂得感激并非人类生来就具备的品质；人应该满足于平凡的幸福，免得某一天上帝对那些不知足的人施以严厉惩罚。但问题是再精彩的反思，如果就这样不讲方法、条理地被大量抛掷到儿童面前，那么作者原本试图传达的道德教育信息非但无法令小孩们理解，还极有可能产生截然相反的效果。笛福作为清教徒的一些典型思想，将鲁滨逊的奇遇看作是上帝对他的惩罚：一个违抗父亲的意愿，坚持要成为水手的儿子，让他到荒无人烟的岛上去过上二十八年。实在没什么比这个惩罚更公平的了。但是对儿童来说，风暴、海难、意外惊奇、战役……这些怎么能被看作是惩罚呢！

恰恰相反，这些奇遇是人生最精彩的补偿，它们只为勇敢和坚强的人而保留。于是，为了让鲁滨逊的故事更适宜儿童阅读，成人不得不仔细研究这部作品，去除不必要的枝节，只取最简洁的叙事主线，他们毫不犹豫地服从着儿童提出的一切要求。

剩下的重要元素，首先是笛福费心营造的令人信以为真的真实感。鲁滨逊向读者讲述的一切都那样真切，人们对这个如此注重细节的男人的话语是很难产生怀疑的。所有的环境他都描述得精准到位，给这个虚幻的故事添上了只有在真实环境中才存在的细枝末节。不只是因为他也会晕船，就能让他成为有血有肉的主人公，还因为他和你我一样都是普通人，喝水、吃饭、睡觉、生病。他能给出各种确凿的数据，比如我们知道他的非洲之行让他赚了五磅加九盎司的金粉，一分不多，一分不少。如果他说出某样东西的尺寸，那一定是丝毫不差的。他是一个即使处在最悲惨的外部环境中，依然懂得做数学的人。鲁滨逊看见一个食人的野蛮部落来到他的岛上，准备把带来的俘虏吞进肚子。在给星期五鼓足了劲以后，鲁滨逊带上枪支弹药慢慢走到火堆边，打死打伤了好几个野人，放出了被囚禁着的西班牙人。最后，他们一起同野人战斗起来。事情虽然交代完了，但可不能就这样不加计算地收尾。于是乎：

被我们一枪打死的——**3** 个人

被我们两枪打死的——2 个人

被星期五在木船里打死的——2 个人

被星期五另外打死的——2 个人

被星期五在树林里打死的——1 个人

被西班牙人打死的——3 个人

被星期五射中多处受伤而死的——4 个人

逃到小船上，或死或伤的——4 个人

总数——21 人

这种处处求精准的逻辑从来没有从鲁滨逊的身上消失过。通过他们的食谱、动物、花园里的植物，住的小木屋的墙壁、地沟、城墙，甚至他们使用的武器、锅碗、容器……让我们见证着他的精确。鲁滨逊生命中的每一个事件似乎都拥有某种历史面目，我们对它们发生的外部环境细节、哪年哪月哪天都了如指掌。“这一天真谨慎”的写作风格立即吸引了年轻读者的注意，给了他们一种安全感。他们没有任何疑问，任由阅读的快感引领着他们。他们也不再自问，笛福有没有亲自去过他书中叙述的那场旅行，或者他们可不可以跟着书里的那张地图出发呢？他们就这样信服着笛福的一切讲述。儿童甚至分不太清楚究竟谁才是这本书的作者，因为写《鲁滨逊漂流记》的那个人，不正是鲁滨逊自己吗？也许他们比成人更智慧，他们把作者当成了那个被虚构出来的肉身，满怀趣味地看着他在书里游历，研究他的爱和苦难遭遇，而忘记了真正的作者其实是他们永远无法见到的——因为

《鲁滨逊漂流记》（1785 年版本）

他将自己秘密地藏在故事之中，而字里行间都是他真切存在的承载与象征。

这个远远超出人们期待和想象的鲁滨逊，是一个奇异又叫人惊叹的人物。他长着长胡子，戴着顶尖帽子，身上穿着野兽皮做成的衣服，一手拿着武器，一手持着遮阳伞。他肩膀上还站着一只不停搏斗的鹦鹉！他对如何成为舞台上的主角这门艺术，是多么精通！他带给我们的激动兴奋是多么独一无二！他已经不再是单纯地激发我们的好奇心或者同情心了——他令人揪心震颤！沙子上留下的脚印，难道你们没有看见吗？是谁留下的？鲁滨逊应该为此满怀希望呢，还是害怕得发抖？还有那些凶恶的食人族，他们将俘虏烤熟，然后丝毫没有羞耻感地大嚼大咽！至于反叛的水手们，他们则比食人部落更麻烦！这被兴奋紧张的手指触摸翻动着的一页页书，它们包含的绝不仅仅是关于鲁滨逊的奇遇，更承载着年轻心灵的喜悦、担忧和梦想。这本奇妙的书令成千上万的心灵燃起历险的激情——这是一种深厚迷人的、在水手辛巴和古希腊的尤利西斯身上就已经存在着的激情。被它的魅力吸引，十二岁的探险家们想象着如何独自离家，无所畏惧地登上一艘轮船开始大海上的航行。当轮船不幸遇难时，他们终于开始了荒岛生活！在花园里或房子里，孩子们假装表演这惊心动魄的历险。最强壮的那个扮成鲁滨逊，最忠实的那个则成了星期五。有时候，在某个晴好的早晨，他们还真就这样头也不回地跑掉了。沿着大路来到港口，那里停着巨大的、即将在海面上飞翔起来的轮船。令他们无法止步的致命诱惑是未知，是不确定，是人生中一切的可能性。老笛福唤醒了他的小读者们身上的一种乡愁，一种一生在广大浩瀚中如同候鸟般漂泊的渴望。正如塞尔玛·拉格洛夫[1]向我们讲述的那些家鹅一样，它们似乎是听到了天上野鹅的呼唤，于是振翅高飞冲入了比云层还高的湛蓝中，与自己的同类相聚。与成人相比，儿童在面对世界时既不会顾虑重重，也不像我们一样失去了想象。儿童在与这些书页接触的时候，也许能重新找回人类身上原始的直觉和坚强的力量。还记得我们的祖先一生在地球上游荡行走的岁月吗？还记得尘世外的那个声音吗，它邀请我们走出小岛，来到你我的双眼永远无法看见的美妙神奇的国度？

儿童喜欢摧毁，这一点儿不错，但他们同时也热爱创造搭建，他们摧毁常常只是为了寻找到符合他们趣味的新生事物。创造搭建是他们最热衷的游戏，从纸房子、木宫殿到现在的汽车、飞机，以及其他各种机器。他们在小说中找到了创造的热情和天才，把自己当成是鲁滨逊也就丝毫没有什么可奇怪的了。和这位遭遇了海难的小说主人公一样，他们首先经历的是恐惧。被抛到一片陌生的土地上，必须经过漫长的勘探才能掌握一切。他们和他一样害怕黑夜的降临。当世界被夜色包围，明天太阳还会再升起来吗？还有很多其他的事情会叫他们害怕，比如饥饿、寒冷。然后慢慢地，他们开始掌控局面，他们开始产生安全感。于是和

[1]　塞尔玛·拉格洛夫（Selma Lagerlöf，1858—1940），瑞典女作家，著有经典儿童文学作品《尼尔斯骑鹅旅行记》。

鲁滨逊一样，他们着手重新创造生活。

鲁滨逊游到差点被海浪吞噬的船边，利用船上的四根木料搭了一个木筏，把食物和一切用得上的储备都运到了岸上。任何对他今天、明天，甚至十年后有用的东西，他都不会忘记；衣服、工具箱、绳索、铁具，连刮胡刀、吃饭的刀叉，一样都不放过。坐在这艘载着许多有用物品的船上，他心想："如果天气一直这么晴朗的话，我肯定把这船上所有的东西一件一件搬到陆地上去。"这还只是开始，用不了多久，他即将进入战斗的第二阶段：不仅仅满足于活命，还要过上文明人的生活。他得有一幢房子、一张床、一张桌子，当然还有火。创造这种文明，不仅仅是为了能舒适地睡觉，有一个挡风遮雨的地方，更是为了让意志战胜将他囚禁在荒岛上度过余生的残忍命运。他抓住如流水般滑过的时间，用符号将它们定格：他在木头上刻下凹痕，计算星期和年月。他依靠严格执行各种习惯，令每一天的日子过得不至于散乱而毫无约束。他并没有变成如周围野兽一般的野人，在拯救了身体以后，他也拯救了自己的心智，他强迫大脑工作运行，把想法记录在纸上。他的记忆守护着他的自我。在他的众多发现中，最美好也最令人感动的是：他将身体里存在的那个敌人，那个深藏于心，鼓励他放弃、遗忘一切，有时候甚至令他绝望的家伙，变成了一个对手。他认为昨天所做的一切，是不够好、不够多的。明天的鲁滨逊会更灵活、更有经验，他将超过那个迟钝疲倦，到目前为止只做了一些不正式试验的鲁滨逊。通过与这个对手不断地搏斗，他不停地前进着。

当龙卷风、地震、滂沱大雨威胁着要将他吞没，当疾病高烧攻击着他时，他知道他是有能力抵挡这一切的。于是，他创造了一个又一个的奇迹：通过装饰家具、器皿，他创造着艺术，让它们不再仅仅是简单的日常用品；他也重新创造社会，一条狗、两只繁殖能力强的小猫、一群小山羊和几只让他以为又重新听到了人类声音的鹦鹉，还有其他捕捉到的鸟儿。然后有一天，一个外表如野人的星期五出现在他面前。接着是星期五的父亲、一个欧洲人、一个西班牙人，他们的群体慢慢壮大着。

> 我的小岛上现在有了不少的人，我甚至还非常富有。有时候，我开玩笑地把自己比作一个强大的国王：首先，这片土地的每一寸都归我所有，我的权力不容置疑；其次，所有的臣民都服从于我，我是他们的主人和至高无上的法律制定者。他们所有人的生命都是我拯救的，因此在需要的情况下，他们都做好了为我牺牲的准备。一件值得指出的事情是，我有三个臣民，他们居然各自拥有不同的宗教信仰：星期五是个清教徒；他的父亲是个异教徒，还保留着食人的习惯；至于西班牙人，他则是教皇的信徒。我在这个国家给予了他们信仰自由的权利。当然，这一切都只是玩笑。

玩笑，其实不尽然，在这些话语里隐藏着感情和骄傲。鲁滨逊这个创造者，正欣赏着自己美丽非凡的作品。

苏珊[1]，让的女儿，是我们同时代的人，也是我们的朋友。在太平洋的某个岛屿上遭遇海难后，你在那里过上了舒适甜美的生活。在细腻的沙子上睡觉，在清凉的水中游泳，用甜美多汁的水果果腹……耀眼明媚的鸟儿，如珍珠般闪烁的鱼儿，它们愉悦着你的眼睛，让你丝毫没有想要自力更生。对你来说，工作有什么用呢？苏珊，你其实是在嘲笑鲁滨逊：这个有幸挣脱了文明社会一切负担的家伙，居然一心只想再度成为它的囚犯，好像一个固执的奴隶非要戴回自己的镣铐一样。漂泊在太平洋上的苏珊，你是完美无瑕的，我们欣赏你的优雅，你与生俱来的华彩雄辩之风，你令人惊叹的将互相矛盾的事物摆放在一起的能力！我们想与你相见，听听你动人的嗓音，通过你的眼睛看看那些新奇的事物。因为你有办法让我们有点麻木了的心灵重新变得年轻灵动起来，对此我们将无比感激。

只是，你永远无法走入孩子们的世界。他们不会懂你，他们也不会把手里陈旧的鲁滨逊同你交换。因为这个鲁滨逊让他们看到了，他们自己重新创造世界的画面。

---

[1] 《苏珊和太平洋》（*Suzanne et le Pacifique*），是法国作家让·吉罗杜（Jean Giraudoux）出版于 1921 年的一部小说。——译注

09

乔纳森·斯威夫特与堂吉诃德

儿童又是如何迷上乔纳森·斯威夫特（Jonathan Swift）的呢？

从逻辑上来说，他理应让他们感到害怕。因为斯威夫特拥有某些叫人害怕的天赋。一方面，他敏锐犀利，能一眼辨别出人心中发生的一切，还有什么能比这样的能力更让人恐惧的？无论是对敌人、朋友还是对自己，他都一针见血，毫不留情。他把所有胡言乱语一一残忍地拆穿。即使在他怒气冲天的时候（这种情况经常发生），他依然清楚地知道自己究竟是为了什么而愤怒。另一方面，他又十分敏感，别人对他的攻击总是令他觉得不公正，轻柔的安慰抚摸又让他面子受伤。于是他总是处在受伤痛楚中。这是一种时间一长，就会令人对他的好感渐渐淡去的性格状态。朋友们虽然愿意对你的痛苦表示同情，但你也得想办法让它不至于显得没完没了。可偏偏斯威夫特一直都是痛苦的，他一直都是一个受难者：在三一学院的时候，他是痛苦的，因为他很贫穷，因为他要靠叔叔们来支付学费，因为他比老师们还要出色，因为让他感兴趣的从来就不是考试或者教学的内容；他在威廉·坦普尔爵士家的时候也是痛苦的——尽管换作其他人完全会非常满足于这一环境——因为他生活在一个有选择的阶层，因为他秘书的职务能让他学习到新的事物，并且付诸行动；当他收到指令，当他投身党派斗争，当辉格党攻击托利党，或者托利党攻击辉格党的时候，他都感到痛苦；当他在政坛失败，回到故土爱尔兰，当他成为都柏林圣帕特里克的牧师时，他依然感到痛苦。他英俊、虔诚、博学，似乎不需要学习就已经知晓了一切，他慷慨并随时愿意支持帮助弱势群体。他缺少了两种不是最重要的品质：耐心和谦虚。对于像他这样的天才，这些美德好像是不需要的；然而，如果他拥有它们的话，那么他的人生轨迹将会发生改变。他同时吸引又排斥着一切，好像灵魂中藏着忧郁种子的人，时间将会让种子慢慢发芽。最终，他的生命比他的理智长远得多。

人们对斯威夫特提出的谦虚提议——让年幼的小爱尔兰人不再成为父母和国家的负担，一定是不以为然的。斯威夫特说，爱尔兰的儿童过多是一个事实——多到就是从小让他们去要饭或者行窃，还是没办法让他们吃饱肚子。那么该怎么办呢？又不能把他们当成奴隶贩卖，因为在十二岁以前，他们是值不了几个钱的。“但是，”斯威夫特继续说道，“一个我认识的美国人，一个颇有威信的人向我保证说，在伦敦，一个被养得白白胖胖的小孩，从一岁开始就是一种美味的食物了。他们不但极具营养价值，还非常健康，水煮、烧烤或者小火慢炖都很适合。我一点儿也不怀疑他能把他们做成小炒或者酱汁菜……”“简而言之，我们可以把这些小孩卖到有钱人的餐桌上去。让母亲们把他们喂得圆润柔嫩……”对于不了解现实生活的人们来说，这种食人族的黑色幽默是多么骇人。

1726年，斯威夫特出版《格列佛游记》的时候，他付出了自己全部的精力，毫无保留地展示着他的才华。人类软弱又愚蠢，从任何一个角度来看，都是一群傻瓜；被愚蠢的傲慢膨胀着的人，他就将他们变回应有的大小。他要向人们指出，权力这一荒唐的产物，无非是在民众的愚蠢和朝臣的胆小懦弱上建立起来的。后者为了有一天能坐上国王的位置，不惜一边往上爬一边舔地上的灰尘，他们连把灰尘吐出来的胆量都没有，最多只是悄悄地擦擦嘴巴。至于一切宗教、政治争执，无非跟那些到底应该把鸡蛋从大的那头敲开，还是从小的那头敲开的争论一样，毫无意义，荒唐可笑。世上的一切都是相对的，他会一个例子一个例子地证明给我们看：一个小矮人或者一个巨人力量的大小，只有通过对比才能看清楚；一个看似完美无缺的政治体系，气候只要一发生变化，完美就立即变得荒诞了；历史自以为自己重建着真相，事实上不过是在扭曲所触及的一切；哲学，没有什么能比有几个哲学家的支持更疯狂的了；科学，哦，科学！那些科学家是多么滑稽可笑，为了找到硝酸钾，他们燃烧冰块，然后用硝酸钾制造炮弹火药；那些企图造房子的从屋顶开始，想种田的则用猪来耕地；还有那些用蜘蛛代替蚕宝宝的！他们一个比一个疯狂。信仰和习惯也是相对的，让我们觉得如同犯罪的，比如乱伦行为，其实不过是超出我们所习惯的做法而已。美貌也是相对的，即使是世界上最美丽的女人，将她柔软光滑的皮肤无限放大，也会现出各种斑点痕迹，令人毛骨悚然。我们最高远的梦想——不死的存在、永恒，不过是人类疯狂的另一个证明而已。成为一个永远不死的生物是何等恶心恐怖的念头，就像“斯特鲁布鲁格”[1]一样拖着衰老腐败的身体，沉重痛苦地活着。这世上没有什么是真实的，没有什么是确定的，除了人类无止境的悲惨生存状态。格列佛来到马的王国，那些马如此善良智慧，令他羞愧不已。然后他遇上了一些低等动物，第一眼看上去就让他觉得恶心反胃：头部长长的毛发垂到脸和颈上；胸口、脊背和脚爪上都覆盖着厚厚的毛；下巴上长着和山羊一样的胡子。这些动物有的坐着，有的躺在地上，有的用后爪支撑站立着。他们蹦着跳着，用尖利的爪子抓住树干往上爬。那些雌的动物比雄的个子要小一些，她们的脸上没有毛，但是她们头上长着浓密的毛发，有棕、红、黑、金等几种不同的颜色，乳房垂在两只前爪之间。“总而言之，”格列佛说，“这些动物是我见过的最丑陋恶心的生物，还从来没有一个物种令我如此厌恶反胃过……”

这些被叫作“雅胡”的不堪入目的肮脏动物，因他们永远无法让自己站到一个更高的位置，而非常公正地被判定为终身奴隶。然而，被视为最低贱的生物的“雅胡”，却恰恰是人类。格列佛尽管愤怒无比，拼命寻找着他和这些怪物的不同之处，但不

[1] 出自《格列佛游记》，指长生不死之人。

幸的是，他正是他们的同类。当“雅胡”们发现格列佛也是他们中的一员，要求他加入的时候，高贵的马们因为对格列佛心怀怜悯，将他逐出了小岛，令他不至于在这些低贱动物的包围中度过余生。

斯威夫特正是在这种清醒的愤怒中讲述这些故事的。他用过人的犀利和敏锐，勾勒出一幅令人类羞辱又受伤的画面。和格列佛一样，我们首先尝试着反抗，拒绝承认他摆放在眼前的讽刺画的主角正是我们自己。但是他紧紧抓住我们不放，强迫我们承认两者之间的众多相似之处。从《格列佛游记》中走出来，我们好像经历了一场无法挽回的失败。然而正是这样一本书，让儿童用手指着它说：“它是我们的，它属于我们。”他们不要那些大人微笑着递给他们的温柔甜蜜的书籍，反而在看似苦涩辛辣的成人食物中，寻觅到了他们想要的美食。

斯威夫特独特的性格和他不幸却激情澎湃的生活，对孩子们来说是无关紧要的。这本书的某些特点，他们既没有看见，也暂时不具备发现它们的能力。但这一切都不重要。对儿童来说，要紧的只有书本身，他们在书里做着选择。斯威夫特任由自己的性格和内心来引领故事，在微笑中开场，在愤怒与厌恶中结尾。然而对儿童来说，他们记住抓牢的只有他的微笑。这一次，依然有一支成人队伍，来为儿童修剪去除故事里各种不那么重要的枝节。成人是如此笨拙，在裁剪缝纫的过程中不但留下了一个个粗大的针脚，而且还添油加醋地加入一些起初根本不存在的文字。不过，他们终究无法将斯威夫特作品中那些最基础的文学品质全部抹杀掉，儿童好像拿着木棍寻找水源的巫婆一般，最终会在直觉与偶然的引领中找到它们。因为那种天才般的想象力，像泉水一样难以抑制地四处喷射，却又时时保持着恰到好处的平衡与协调。故事从一个似是而非的假设开始，自始至终维持着完美的逻辑，以至于它看起来逼真可信。想象一下世界上有这样一个国家，那里的人都只有你的拇指那么高。某一天阴差阳错地，一个正常身高的人走进了这个国家，因为他的个子将会引起多少意想不到的事情。这个袖珍微小的国家对他来说又是多么新奇！小人国的人想要用绳子捆绑格列佛，他们得使出多少力气才能把他捆起来！而格列佛又是如何轻巧地用一只手就把小船拉到了岸边！那个咆哮抱怨着的小国王，还有那个坐在那么小的宫殿里的小王后，还有很多很小很小的部长大臣！装在木桶里的酒和储藏起来的食物，对小人们来说哪怕是一口的量都已经多得吓人了，可格列佛瞬间就将它们吞入肚中！精彩的还在后面，当放大镜被换成了缩小镜，这下一切都反过来了，这里是和小人国截然相反的景象。在同样的欢笑和愉悦中，在同样的规则下，一切看起来都如此真实。在大人国的土地上，前面的小人们统统变成了巨人，可是格列佛的个子却还是和往常一样。他虽然没有变，但现在他显得很小很小，小到巨人们可以把他放进一只笼子里，让他在王后的手上散步；小到一个心生嫉妒的侏儒可以把他扔到一个盛牛奶的碗里，企图淹死他；小到一只顽皮的猴子就能把他弄到屋顶上去。在这种比例变化的艺术里，蕴含着某些令人敬仰的纯熟技巧。大家一定还记得在众多故事中，有一个关于苍蝇的情节。巨大的苍蝇几乎变得如危险的敌人一般可怕：

> 王后经常嘲笑我的胆小。她还问我，在我的国家，人们是不是都像我一样懦弱胆怯。她之所以这样嘲笑我，是因为苍蝇一刻不停地攻击、侵袭着我。这些讨厌的虫子（它们的大小和我们国家的鸟差不多）发出的响声让我头昏脑涨。它们像哈耳庇厄[1]一样地停在我的食物上，然后在上面留下清晰可见的卵和粪便。有时候它们停在我的鼻子上，飞快地咬我一口，同时散发出令人窒息的难闻气味。我可以分辨出它们留下的痕迹，因为根据那些科学家的研究，这些动物具有在天花板上行走的能力……我对付它们的唯一办法，就是拿起刀把它们大卸八块。然后，人们对我在此类狩猎中表现出的不凡身手惊叹不已……

此类叙述的缺点在于不断地重复，在不同篇章中出现相似的片段和缺少节奏感的讲述，即使上帝也不见得会喜欢！然而，斯威夫特的想象力却不会枯竭，他创造出人们从来没有看见过的背景画面、各种秘密的语言、服从人类的幽灵，甚至暂时活过来的死人。在大人国以后，他又来到了飞岛国，然后是慧骃国。

将易怒的圣帕特里克的牧师当成他们众多恩人之一的儿童，有没有猜到斯威夫特的真实面目？他们是否能隐约感觉到这个男

---

[1]　哈耳庇厄（Harpy），希腊神话中的一种怪物，拥有丑恶的外貌和凶残的性格。——译注

人身上那股强大的爱的力量、他面对人类的不完美却无法纠正时的无力感，以及由此而产生的满腔怒火和愤慨，还有他不断燃烧着却无法真正被满足的温柔愿望？也许，在接触那些伟大灵魂的时候，儿童是有那么一种直觉的。也许，从斯威夫特看似辛辣猛烈的作品中，他们发现了他绝望的敏感。不过，我们还是不要把儿童拉到这样的高度吧。斯威夫特令儿童喜欢，主要是因为他出人意料的想象力——这令他们愉快，在通俗易懂中走入了阅读。这种出神入化的想象，直接渗入到人物的行动和历险中。斯威夫特将旅行延伸到了真实所限制的范围之外，让格列佛行走在一个个未知奇妙的国度里，既可以不断延续神奇体验，又不会迷失在想象的云朵中。故事始终保持着精确和清晰，各种疯狂的创造不仅有趣，还确实可信。

儿童在这些天才游戏中找到了他们的位置——因为他们同时既是小矮人，又是巨人。在他们的父母面前，在嘈杂纷繁的世界中，在各种各样的活动里，他们只是一个个小矮人；在他们的玩具前，在打呼噜的猫咪和被他们拉耳朵的小狗面前，他们是高高在上的巨人。站在森林和山川间，面对浩瀚的海、广袤的天，他们是一群孱弱无力的小矮人；在花园的花草间，弯下腰观望蚂蚁们忙着搭建沙子城堡的时候，他们又是威力无边的巨人。跟着格列佛从小人国的宫殿到长得比房子还高的森林里去，儿童从中找到了亲切感。因为他们习惯于将自己一会儿变大，一会儿变小，一天变上个一百次也不会觉得厌烦。

他们喜欢跟着斯威夫特做游戏——他是真正地在玩游戏，他制定下规则，然后遵照规则滋味无穷地玩耍着。他从来不会改变游戏的性质，但是会利用一切的空间变换玩法。机敏的格列佛在他的书里奔跑跳跃着，撞到了鼻子立即爬起来，即刻上路开始更刺激的奇遇。斯威夫特将他放进最尴尬的情景，然后再把他拉出来，重新出发，再次飞翔。多么精彩的游戏！又是多么畅快！在不停息的历险中，他制造了一种自由的幻境！一切的创造想象都是被允许的，斯威夫特似乎是想看看灵魂的任性究竟能走多远。急速、敏捷、自信，这样的有趣好玩让他忘记了自己的局限。这难道不是从小岛上走出来，片刻忘记自己是一个囚犯这样悲惨现实的最好方法吗？

* * *

这样的例子还有不少。明希豪森男爵[1]的历险，它并不是为儿童而写的；读了太多骑士故事后变得有点疯狂的堂吉诃德，也不是为儿童创作的。塞万提斯给他的人物灌注了太多的情感，太多难以理解的思想——这是漫长一生的经验，是一个对人性通透了解的智者的智慧。塞万提斯将灵魂一分为二，让我们看到人

[1]　明希豪森男爵（Baron Munchausen），一位虚构的德国贵族，由德国作家鲁道夫·埃里希·拉斯佩（Rudolf Erich Raspe）在 1785 年出版的《明希豪森男爵俄罗斯奇遇记》（*Baron Munchausen's Narrative of his Marvellous Travels and Campaigns in Russia*）一书中创作。而这一形象大致以真实的德国军官明希豪森男爵（Hieronymus Karl Friedrich, Freiherr von Münchhausen，1720—1797）为原型。

堂吉诃德和桑丘（源自阿歇特“粉色图书馆”版本）

是如何被高远空灵吸引着，同时又被低下平庸牵扯着，在对理想和物质的双重向往中矛盾重重。他毫无顾忌地展示着一个本质善良，却错得彻头彻尾的人物典范。堂吉诃德虽然可笑，但却总是充满胜利感，因为每次“战斗”失败以后，他都自以为变得更强大，也对自己更信服。要让这些真理走进儿童的脑袋，绝不是件容易的事情。只有亲身体验、长久经历过的人，才会对它们信服。因为塞万提斯还说，其实无论对于真理还是法律，我们都是不确定的。感官的见证并不能说服人们相信他们亲眼见到、亲耳听到，或者亲手触摸到的真实。我们多多少少都和堂吉诃德有点像，从蒙特西诺斯的洞穴里走出来，全然分不清楚是真的经历这一切呢，还是在做梦。塞万提斯用长篇兴致勃勃地研究着一个人所能经历的、最令人迷惑也最悲伤的境遇——疯狂，它的特殊性，它的过激，它的巅峰以及由它引起的抑郁。简而言之，他的书里积累了那么丰富的内容，博学的人们几个世纪以来不断研究，却依然无法明了所有。然而，儿童是不理会那些学者和艰难的研究任务的，他们坐在图书馆里读着自己发现的塞万提斯。他们喜欢他，喜欢他带来的愉快——在漫长路途中编织种种奇遇，不停落下来的棍棒之灾，正是属于年轻读者们的愉悦；他们喜欢他笔下那个瘦骨嶙峋的堂吉诃德坐在老马“驽骍难得”的身上，还有胖乎乎的桑丘，坐在毛驴上举起手臂大口大口地灌着酒。这些人物很快就让人们迷恋起来。“我的书获得了巨大的成功，”塞万提斯在《堂吉诃德》的第二部分里这样说道，“大家都在读它。用不了多久，在它被翻译成其他语言后，阅读的界限就不存在了。它尤其受那些为庄园主服务的年轻贵族的喜欢。为了争抢它，他们在主人的门厅前吵得面红耳赤。它在他们的手中流传着，只听见响亮的笑声不时在房间里回响。”响亮清澈的笑声，在人们阅读这个独一无二的伊达尔戈[1]的故事时不时地传出。这声音就这样持续了整整三个世纪。传说菲利普三世站在他的阳台上，看见大街上一个正在读书的大学生。大学生边读边大声笑着。菲利普三世说道：“他要么是个疯子，要么正在读《堂吉诃德》。”国王没有搞错，大学生的确正在如饥似渴地阅读着关于堂吉诃德的故事。就这样，在三个世纪前的西班牙，塞万提斯征服了大学生和年轻的贵族。从那时起，他也俘虏了儿童。

[1] 指西班牙贵族。——译注

10

儿童的胜利：当儿童成为主人

对自己的力量确信不疑，儿童继续着这场搏斗。拒绝成人给他们的书籍，喜欢什么由自己来决定。这是一种探索，也是他们挑战往日扮演着至高无上的主人角色的大人们所取得的胜利。今天的局面是否依然如此呢？如果仔细观察就会发现，在驶向现代的列车上有那么一个特点，就是越来越多的孩子成了近视眼。也许是古老的人性里，成人的专制渐渐有点懈怠了，又也许是他们变得更温柔也更公正了。事实是，今天的儿童成了我们的主人。

他们和大人们一样，有权利拥有属于自己的报纸。年轻的眼睛绝不会放过发生在家里的任何事情，他们看见了大人们在等待心爱的报纸到来时的那份焦急；他们看见了大人们是怎样激动地跳起来，用一种急不可耐的手势翻动着面前的那堆纸张，滋味无穷地阅览着，就像在欣赏世界上最精彩的景致。这真是一种愉悦的娱乐活动，不是吗？它看上去似乎拥有某种形式感，应该被小孩们模仿，让他们也拥有相同的特权。就这样，儿童也有了令他们每周四和每周日翘首企盼的报纸。他们兴奋地跳起来，翻动着页面，读着故事，评论着图画，认识了游戏和比赛；他们被提升到了他们认为的合理高度，进入了比普通粗鄙读者更高的层次，成为订阅人。

没过多久，儿童甚至在成人的报纸领域也插上了一脚，占领了一些地盘。报纸在不得不为南美洲事物和无线电报开辟版面以后，也给予儿童一定的空间。那些严肃认真的成人，在了解完国内政治、世界政局、交通事故和力拓河的流向以后，翻过页面，小图画、小故事、小独白出现在他们眼前。他们发现有人抢去了自己的一块地盘，并把它变成了托儿所……在他们年轻的时候，这样的侵占，是想都不敢想的。不过他们倒也不怎么生气，对于这些大胆无畏、什么都不能阻拦其前进的小孩，他们心里还是暗暗地藏着几分柔软。于是，他们用自己的方式，变成了儿童的同谋。

接下来，儿童还想要有自己的戏剧。这事要是放到不久以前，成人一定会大喊，简直是闻所未闻的丑闻！他们如果要求有属于他们的马戏团、木偶，甚至童话故事，那倒还好理解，但是戏剧！我清楚地记得在我小的时候，如果不是因为大人们觉得古典戏剧有非凡重要的意义，那我还不知道要等到哪一天才能跨进剧院的门；要不是高中毕业考试和《熙德》的存在，谁知道我要等到哪年哪月。即便如此，坐在那些红色椅子上，我依然感到不自在。我感觉自己出现在那里，只是出于宽容，却从没有被真正接纳——我是在灰胡子们的监督下才有权坐在他们中间的。专为儿童排演的戏剧，好吧，未尝不可呢？现在他们有了木偶，为了讨他们喜欢，木偶会努力变得越发博学。接着，出现了属于他们的演员、歌唱家，他们的戏剧和小型歌剧，他们的舞者，还有专为他们准备的舞鞋。出现在这些小人儿的剧院里，我实在感觉有点不合时宜。毕竟现在的我有点笨拙、有点肥胖，也有点老了。

儿童有了他们的音乐会、他们的电影，再没有什么领域是专为成人而设的了。当他们发现还有不可能进入的成人世界时，他们就跑到对面去建立一个与成人竞争抗衡的世界。成人世界各种最新的发明，他们统统把它们做成玩具。他们已经有了最完美的火车，接着就要求造小汽车，有一天他们会不会要求把飞机也给他们玩呢？永别了，纽伦堡的洋娃娃；永别了，脸庞圆润、红光满面的村妇、牛奶女工们；永别了，戴着尖帽子的畜牧人、绿得有点过了头的树和满身卷毛的羊儿们；永别了，左右摇摆的玩具木马……对儿童来说，新鲜、新奇似乎永远都不够多。看看小女孩们的服装吧，色彩鲜艳的裙子，各种精致讲究的大衣，所用布料上都画着完美又洋溢着童真的图画。她们甚至有了自己的设计师，就差没有专为小男孩们服务的裁缝了。出于专制或者所谓的荣耀，继续强迫他们看某些书籍，这种念头怎么可能存在下去呢？那些想参与为儿童写作的人，得首先问问孩子们的喜好和意愿，然后非常谦卑地宣称，他们将是孩子们忠实的仆人。

我无意中读到一本英文书，名字叫作《为儿童写作》，它见证了这一极为迅速的演变过程。这是一本专家（我们今天说的技术员）的作品。他在这一行业获得了荣耀和财富以后，希望写一本像《诗学》一样的作品，供他那些刚入门的同行参考。“想尝试运气的人们，”他如是说道，“请你们小心了，不要以为孩子们会这么简单地接受你们的任何故事，或者你们能轻而易举地把自己的口味强加给他们，这只是一个美好的幻想。如果你们希望成功，那么必须相信，情况与你们想象的恰恰相反。请做好不是由你们发出命令，而是你们成为服从者的准备——儿童将是你们的主人。比如题目，光是题目，就无比重要。因为一些题目会令他们在看到的第一眼就对作品感到反感，要么是他们觉得太陈旧，要么是这些题目看起来隐藏着某些陷阱。如果你们给故事取名叫作《让和露西在海边》《小薇尔丽特是如何帮助她的妈妈的》《钢琴是怎样被制造出来的》《有趣的一课》《玛格丽特在学校》……那么可以肯定，要么小孩永远不会翻开这些书，要么他们会心怀戒备地打开它们。关于如何开始讲故事必须仔细研究，一定要有新鲜感，有个性，有浓郁的气息和味道。在叙述的推进中，尽量使用对话，这正是他们想要的；尽一切可能给他们展示最多的行为动作，这总是管用的。在结尾处，除了要满足他们的好奇心，还要让他们有所期盼，所以不应该将所有的视野都关闭。在你们想象的故事结束以后，将开始他们想象的一切……”

整本书[1]中作者才华横溢地给出这样那样的建议。避免冗长的描写，那只有成年人才能接受。不要忘记一个情节才刚结束，你们的小读者会立即问：接下来呢？接下来会发生什么？他们是不知疲倦的。所以要尽量简洁敏锐。儿童很容易被打动，但是他们暂时还不喜欢那些忧伤的情感。在穿插了一些小的情感波动以后，那些人物最后获得幸福是非常重要的。花草树木永远是受欢迎的。所有希望在儿童文学领域取得成功的人，你们每年至少得花那么几天的时间，去动物园转转。对鸟、鱼、昆虫的好感，小孩是与生俱来的，他们也和花草树木保持着交流。无论是他还是她，都要试图提升他们体内的力量和活力。如果你们打算给他们讲历险故事（至少60%赚钱的书都是讲历险故事的，因此写此类题材的书可以被认为是一桩不错的生意），那么你们得记住这些故事必须引人入胜，从整体到细节上都要有真实感。比如，你们想描述一幕赛车场景，就注意不要让汽车在六秒钟内跑完了最后一公里。也许你们作家不知道，汽车在达到一定的速度以后，就没办法无限制地跑得更快了，但是孩子们比你们清楚得多。同样，你们要当心各种技术术语。假如你们准备写关于无线电报的故事，那千万不要犯这方面的错误，因为他们是专家。那些童子军的故事会显得很吸引人，但是它们的成功也是有条件的，就是不要再去使用那些早已被写烂了的情节。比如，童子军是如何让

---

[1] Arthur Groom, *Writing for children. A Manual of juvenile fiction.* London, A. and C. Black, 1929. 亚瑟·格鲁姆《为儿童写作——儿童小说写作指南》。——原注

正朝着小女孩疾奔过去的公牛掉转头来的，或者他救出了差点丧生在熊熊大火中的农民，等等。总而言之，在这一领域渴望有朝一日成为畅销书作者的人们，要和那些投身于撰写强盗、幽灵故事的作者一样，你们必须记住一些具体的规则。也许在过去，儿童不会拒绝接受你交到他们手里的书，哪怕他们觉得无比枯燥。也许那时候的小孩更容易被满足，也更容易被教导。但是今天，为了让他们喜欢，你得首先服从他们的规则。

* * *

至于天才，如果没有它，无论是为儿童还是为成人书写的书，都是无法永恒持久的。如何才能拥有这样的天才呢？教科书里没有提到，它一定是想都没有想过这个问题。

在我们现在的世界里，有一些事情发生了变化。和从前遍地都是小孩的局面相比，是什么让儿童变得越来越稀少，越来越珍贵呢？“我想，”一位父亲对我这样说道，“从前，儿童是被成人压迫着的。我想对您说的是，儿童压迫成人的时代即将到来。”

III

北部各国的优势

我愿意毫不犹豫地承认南部地区在各方面的种种优势，但是除了儿童文学。在儿童文学上，遥遥领先的是北部各国。

为什么？

11

南欧的儿童文学

让我们先来看看西班牙。西班牙的儿童文学作品是尤为贫瘠的。虽然有洛佩·德·维加[1]和卡尔德隆[2]这样的作家，他们的文字是那么丰富、精彩绝伦！从恶汉小说到圣女泰蕾兹的澎湃灵动，是一种无可比拟的新颖力量！西班牙是一个对浓烈色彩和神秘气息不断追寻探索的国度，它拥有与生俱来的诗意天赋和才华，它在想象中陶醉沉迷。由于对各种针对类型文学的偏见的不在意，以及对规则的忽略，它的喜好极为自由，灵魂也越发靠近本真状态。然而，它却没有自己的儿童文学。昔日的男孩女孩们

[1] 洛佩·德·维加（Lope de Vega，1562—1635），西班牙戏剧家、诗人。——译注

[2] 卡尔德隆（Pedro Calderón de la Barca，1600—1681），西班牙剧作家、诗人。——译注

读的是笛福、儒勒·凡尔纳和萨尔加里[1]的作品，而今天，他们阅读的则是来自北美的游记或者历险小说；昔日儿童手里捧着的是《堂吉诃德》，而今天则是胡安·拉蒙·希梅内斯[2]感人细腻的诗歌《小毛驴与我》。“我的书走向了小孩。”作者如是说，他为此而愉快兴奋，因为他和诺瓦利斯[3]观点一样，认为只要是有儿童的地方就会有黄金时代。这就像是一个富饶小岛上的美好生活，安逸舒适得令人不愿意离去……但是，儿童文学却没想象中这么简单。专为年轻生命写作，并且找到了某种天才语言的西班牙语作家，事实上并没有存在过。

意大利有它的摇篮曲，随着摇篮的摇摆温柔地轻声吟唱；有它的回旋曲和叙事抒情曲；有清晰反映这个民族个性的作品（我们稍后将会看到）；还有几位在儿童的王国中极受欢迎的作家。但是就算拥有这些才华横溢的伟大作家，儿童文学的成果依然是稀少的。评论家总是满心疑惑地思考着，为什么意大利文学总是不够受欢迎，尽管各种新的旧的理论层出不穷。是因为国民性中根深蒂固的贵族特征，还是源于它悠久、博学、深奥的艺术传统？是因为它对精致讲究的追求，抑或来自对完美

---

[1] 萨尔加里（Emilio Salgari，1862—1911），意大利著名的历险小说家，也是科幻小说的先驱。——译注

[2] 胡安·拉蒙·希梅内斯（Juan Ramón Jiménez，1881—1958），西班牙诗人，1956年诺贝尔文学奖得主。——译注

[3] 诺瓦利斯（Novalis，原名 Georg Philipp Friedrich Freiherr von Hardenberg，1772—1801），德国早期浪漫主义诗人、作家。——译注

形式的衷心热爱？儿童文学在意大利的发展依然缓慢。两部杰出作品《木偶奇遇记》（*The Adventures of Pinocchio*）和《爱的教育》（*Cuore*）更是叫人等待了几个世纪才出现。从文艺复兴算起，暂且不提但丁、彼特拉克、薄伽丘，也不提马基雅维里、阿里奥斯托或者塔索，就来看看离我们并不怎么遥远的邓南遮和卡尔杜齐，有哪一个是为了占据儿童的心灵而创作的呢？他们感兴趣的是让成人赞叹、臣服，是将美感的愉悦或者暴力的征服发展到极致。即便是曼佐尼[1]，这位最温和的作家，他虽然亲切地弯下身躯关注卑微的生命，却从来没有为小孩们留下任何的文字。

相比之下，法国的情况则显得更为复杂：拥有针锋相对的观点，围绕这些观点不断讨论，是一种传统与习惯。它吹嘘已经有那么一个儿童作家佩罗，所以直到十七世纪末都陶醉在童话故事里。同时我们也看到了不少曾经作品被译介到全世界，而今天则完全被遗忘了的作家，比如让利斯女士、贝尔坎……如果要列一张完整的名单的话，那一定冗长不堪。当然，还不得不提到诺迪埃[2]、保罗·缪塞[3]、乔治·桑[4]，甚至与我们同时代的作家们。今

[1] 曼佐尼（Alessandro Manzoni，1785—1873），意大利诗人、小说家。——译注

[2] 诺迪埃（Charles Nodier，1780—1844），法国作家，浪漫主义诞生过程中的一位重要人物。——译注

[3] 保罗·缪塞（Paul de Musset，1804—1880），法国浪漫主义剧作家，是公认的“法国童话之父”，也是世界儿童文学的奠基者之一。——译注

[4] 乔治·桑（George Sand，1804—1876），法国小说家，欧洲浪漫主义时期最著名的女作家之一。——译注

天，那么多杰出的女性，那么多才华横溢的作家俯身倾听着孩子们的讲述，再将他们的心声转化成柔软多彩的文字！

虽然称不上是第一个，但法国至少不是排在最后的。一方面，法国并非纯粹的拉丁文化，北方文明依然占据一席之地。埃尔克曼和夏特里昂[1]可不是什么讲普罗旺斯语的作家。儒勒·凡尔纳，这个擅长表达、描述儿童和成人心中深藏着的关于创造发现本能的作家，这个长期以来大多数男孩子最喜欢的作家，他所感受过的最炙热的阳光也仅限于法国北部的亚眠。塞居尔伯爵夫人[2]则在法国人对她的情感偏爱和接纳中，成为我们作家当中的一员，这样的事有时候的确也会发生……

另一方面，我们法国人又格外喜欢那些充分表现自我意识的作品。如果我们主动去寻找黑暗的丰富，那一定是为了详细地分析它，让它重见天日。模糊和不确定，是法兰西不喜欢的东西。在兰波之前，我们对不按照逻辑来组织，不依照华彩雄壮的演说方式来表述的作品，一直都是不屑一顾的。我们很少让梦幻展翅高飞，常常是想象力才刚逃出去，我们立即就用绳子把它拴起来；或者把它带回平缓的山丘上，带到那些我们日常居住的地方。以至于儿童文学在这个国家，有点退回到了刚起步时的状态，被当成了幼稚的玩意儿。我认识很多法国人，当他们听到

[1]　埃尔克曼（Émile Erckmann）、夏特里昂（Alexandre Chatrian），两位都是19世纪法国作家，主要创作一些受黑森林地区民间故事影响的民间史诗作品。——译注

[2]　塞居尔伯爵夫人（Comtesse de Ségur，1799—1874），俄裔法国女作家，法国儿童文学的创始人。被誉为“孩子们的巴尔扎克”。——译注

“儿童文学”这几个字的时候，总是忍不住要耸耸肩膀，好像仅仅是因为“文学”前加上了“儿童”这个词，就立即令它变得矮小孱弱了一样。为儿童书写的书籍与布娃娃和木偶相比，非但没有更重要，说不定比它们更无关紧要。这些严肃的大人如果无意中被人发现正在翻阅“蓝色或者粉色图书馆”[1]的书籍，他们一定会尴尬得涨红了脸。这就跟他们被人发现正在玩陀螺，或者笨拙地追着滚动的铁圈跑一样，都属于上不了台面的活动。

[1] “蓝色图书馆”（Bibliothèque bleue）诞生于17世纪初，是最早的大众民间文学系列丛书。“粉色图书馆”（Bibliothèque rose）是法国阿歇特出版社（Hachette）在1856年推出的针对6~12岁儿童的系列童书。——译注

12

英国：温柔悠远的童谣

现在让我们到北部去看看，跨过英吉利海峡，走进英国人的生活。对个人的尊重这一道德生活准则，英国人在面对儿童时也同样遵从着。这个国家长久以来抗争奋斗取得的自由的权利，也并不用等到一个人进入成年后，才开始执行。所以，在孩子们才刚刚开始牙牙学语时，大人们就给了他们一本金色的书。

对于拉丁文化来说，显得如此奇怪的儿歌好像是来自这个民族的灵魂最深处！我们的摇篮曲常常只是模糊地勾勒着某些遥远缥缈的念头。通常，它们只是一曲调子，几个用来吟唱的元音，一些重复的声音，简单明显的节奏，充满韵律的押韵。不过从一开始，它们就已经有了节奏——因为它们的产生就是为了与宇宙的规则相吻合，将节奏带入生命的初始时分。它们有属于自己的和谐，怪异中带着丝丝嘲讽，却又温柔绵软。曲子的含义比声音的重要性要小。有时候，它们会勾起人们年少时的一些重要回忆：蛋头先生爬到墙上却从上面摔了下来；杰克·霍纳从他的布丁里找出了一个梅子，他对自己的行动骄傲不已；面包师还在烘烤的蛋糕，却已经叫人恨不得用眼睛把它们吞进肚子……各种情节故事在有趣不拖沓的基调中结束。或者它们会提到各种小动物：在时钟上奔跑的老鼠，院子里的白鹅，灰色的小马……“小猫，小猫，你去哪里？我去伦敦拜访女王”“我有一只小鸡，一只人家从来没见过的美丽小鸡，它洗碗、整理清扫房间”……“小”字经常出现，似乎把这个字用在小小的主人公身上是再恰当不过的了：小贝蒂·布鲁、小波丽·弗林德、小汤米·塔克，还有那个比拇指大不了多少的小丈夫。历史的记忆、诗歌、传说、神话，在被简化了以后突然就从成人的手中掉入了儿童的掌心，由他们来接收理解。从背景环境中被抽离出来的大人物，突然从高大雄伟变得有趣好玩了，只因为他们被罩上了童稚的影子。或者那些梦中的人物跑进歌谣里：月亮上的男人，爬到月亮上扫天上蜘蛛网的女人。有时候，人们仿佛听到了沉醉在对孩子的爱意中的母亲的歌声。从她们嘴里吟唱出的那些字眼的内容已经不再重要，重要的是对幼小心灵的抚慰与触动。于是在吟唱到达尾声时，所有的内容、含义都已经被抹去，这短暂诗歌最后将在一个亲吻中结束。这一过程中奇怪有趣的瞬间也不少：突然走调引来的笑声，意料之外的转折，跳跃不连贯的曲调，因不对称的组合而变得滑稽可笑的押韵，因为一再重复而显得东蹿西跳的音节……银色的拨浪鼓、叮叮当当响个不停的铃铛、铿锵作响的圆环，让孩子们的房间充满愉快的声音。而那个骑着白马、手上戴着戒指、脚上戴着铃铛的美丽女人，在她所到之地都留下了音乐之声：

Ride a Cock-Horse to Bambury Cross,
To see a fine lady ride on a white horse,
Rings on her fingers, and bells on her toes
She shall have music wherever she goes...[1]

这既不符合逻辑规则，又并非纯粹想象的组合着实有些奇怪。但它却代表了一种没有被绑上缰绳的想象力，呈现出一种从未被束缚的自由力量；它也不仅仅是从锁链中逃出的任性，还是从未与锁链相遇的随心所欲。夜晚，是童话教育孩子们的时光。儿歌里的主角们从白天被“鹅妈妈”合上的书里跑出来，友好地交往着。红心国王与王后，你们是否会原谅那些偷了甜塔的仆人？

The Queen of Hearts
She made some tarts
All on a summer day;
The Knave of Hearts

[1]　没有了游戏声的儿歌，总是缺少滋味的。以下的翻译也只是在缺少更好的呈现方式时的勉强之作：骑着一匹木马，向着班伯里而去，为了看一位骑白马的美丽女士。她手上戴着戒指，脚上戴着铃铛。她所到之处，总有音乐响起。——原注

He stole those tarts
And took them clean away...[1]

小穆菲小姐，您是否依然害怕夜晚坐在您身旁的那只大蜘蛛？你们还会为了皇冠、独角兽、狮子打架吗？还有您，胖男人，孟买的男人，您有没有找回一只被鸟抢去的烟斗？还有你，哈巴尔老娘的狗，你是想把这玩笑没完没了地进行下去，还是准备趁天黑好好休息一下？

Old mother Hubbard, she went to the cupboard
To get her poor dog a bone
When she got there, the cupboard was bare
And so the poor dog had none.
She went to the baker's to buy him some bread,
But when she came back the poor dog was dead.
She went to the hosier's to buy him some hose
And when she came back, he was dressed in his clothes
The dame made a curtsy, the dog made a bow
The dame said "Your servant", the dog said "Bow-wow..."
She went to the tavern for white wine and red

[1] 红心王后，她做了一些甜塔，在一个明媚的夏天；红心仆人，他偷了这些甜塔，带着它们逃跑了。——原注

《红心王后》（由凯迪克著绘的歌谣图画书）

And when she came back the dog stood on his head.[1]

你们都是新颖别致的，全然不像只为了讨好观众而简单存在着的演员，你们首先考虑的是如何令自己欢乐。你们幽默、典雅、清新，然而要显得独一无二，则还需要一缕诗意深藏其中。

倘若冒着不惜亵渎神明的罪过，以散文形式来书写儿歌，我们拥有的将只是大火燃尽后剩下的灰烬。再没有比儿歌更能凸显押韵的神奇节奏的了。它们是儿童的诗歌，用节奏来呈现画面。就这样，小英国人把它们熟记在心中。他们朗诵歌唱，伴着节奏欢快舞蹈，即使长大成人，也不会将这些儿歌完全遗忘。漫长岁月中，曾经学到的有用无用的知识会被抛弃遗忘，唯独儿歌依然深藏心中。某一天，它们会突然从严肃的成人口中冒出来。他们回想着自己遥远的童年岁月，脸上带着微笑，轻轻哼唱着往日的童谣。儿歌和圣诞树一样，是一种传统。它们散落在大英帝国的每一个角落，在墨尔本，在加尔各答，它们好像人与人之间互相识别的一种标志。那些从来没有听过的人是不能完全理解它们的，而那些穿着短裙吟诵过它们的人，则被一种如同兄弟般的情感维系在了一起。

[1] 哈巴尔老娘（我们的“鹅妈妈”）走到大橱柜边，想给可怜的狗儿拿一根肉骨头。她发现橱柜里面空无一物，可怜的狗儿什么都没吃到。她到面包房去给狗儿买面包，可是等她回来时，它已经死掉了。她到衣料店去给狗儿买衣服，可是等她回来时，它已经穿戴整齐了。女士行个屈膝礼，狗儿点头示意。女士说：“为您效劳。”狗儿喊：“汪，汪！”她去小酒店买些红酒和白酒，等她回来时，狗儿倒立着。——原注

然而对于拉丁民族，尤其是法国来说，诗歌依然是一种奢侈品，必须等到一定的年纪才能靠近它——因为诗歌带来的是一种必须在清晰理解以后才能享受的理性层面上的愉悦。将诗歌变成一种无须被理解，纯粹美好的想象、回旋、声响，则被法国人认为是疯狂的。因此，属于儿童的诗歌是不存在的。最多有那么几首出自痛苦的成年人之手的、悲戚幼稚的诗句，或者拉封丹的寓言故事。然而众所周知，后面这些寓言故事对孩子们来说，还是太难了。但是他们只能满足于此，一直等到有一天他们自己能写亚历山大体诗为止。

★ ★ ★

古老的英国虽然自私中带着严谨，但对它所爱的人，却饱含着永不枯竭的温柔。随着孩子们年龄的增长，英国也开始发展儿童最喜欢的题材——诗歌、幻想、冒险和运动，甚至将学校生活也纳入进去。其中一部学校生活主题的经典作品《汤姆布朗的校园生活》（*Tom Brown's Schooldays*），卷首题词引自拉格比公学校报，阐述的正是儿童权利的问题："一方面，我们应该时刻记住我们是儿童，是生活在学校里的儿童；另一方面，我们应该在头脑中有这么一个理念——我们应该组成一个完整的社会组织，在这个组织中我们不仅要学习，而且也应该行动。"英国如此清晰地意识到了独立的重要性，并由此生出了骄傲，甚至给予这一主题近乎诗性的色彩，令外国人也不免被其打动。它让画家们描绘出各种令年轻的眼睛愉快的画面；艺术家们创作出同成人书籍一样新颖的作品，而不再认为这是低一等的创作手段；作家们将自己的才华变得更柔软，让作品清新不低俗。儿童诗歌《当我们很小的时候》（*When We Were Very Young*），由 A.A. 米尔恩（A.A.Milne）创作，E.H. 谢泼德[1]绘制插图。在这部精彩的作品中，A.A. 米尔恩讲述了自己的童年岁月。不过令他感兴趣的并不是年幼的自己，而是童年本身。他没有用解释、分析的方法（也因此避免了文字的干涩），而是任由直觉跳跃游走，分享着成长中年轻灵魂的快乐、忧伤，以及其他各种强烈的情感。就像比利·摩尔一样（作者将这本书献给了他），他总是害怕母亲没有他陪伴独自出门时，会被汽车撞到；他有四个朋友，动物园里的大象和狮子，一只山羊和一只蜗牛；他总是沿着石板路上的横线前进，因为隐藏在伦敦各种房子的地下室里的大熊不久就会出现……各种出版物遍地开花，年刊、月刊、周刊，它们携带着欢乐，每一年，每一月，每一周地出现在孩子们手中。多么丰富！多么优秀！给予了儿童多少爱与呵护！

---

[1] E.H. 谢泼德（E. H. Shepard，1879—1976），英国插画家，曾长期担任英国幽默漫画杂志《笨拙》（*Punch*）的首席漫画家。被誉为“维多利亚时代黑白绘画艺术的最后一位大师”。他为《小熊维尼》系列、《柳林风声》等作品创作的插图，已成为永恒的经典。

13

美国：为儿童设立的图书馆

你可以说侵略人心的机制，或指控北美洲将物质进步和精神文化混为一谈。你可以谴责社会同化的趋向与个体性的泯灭，令人沦为没有脸孔的茫茫大众。还有那种以标准化的工作为唯一生活内容，仅仅以体育和电影作为娱乐的生活方式。这些说法也许都有道理，但是请不要忘记，还有很多可以放在天平另一端的事实。其中与我们的话题有关的，正是涉及动人童年的、坚毅灵魂中的生命力。为了保护养育这种活力，为了让好奇心得到满足，这里的人们做了不少令人钦佩的努力！从这片土地出发，众多探险家行走到世界各地，带回新的传说和故事。来自世界各地的艺术家、画家、版画家，在美利坚为孩子们的书大胆创作。这个国家的精英们艰难地抵制着一切可能削弱思想生活的力量，他们被一群还未找到平等，又心怀夙愿的人包围着，似乎他们就是某种蓄势待发的希望。

“五月花号”上的人们给这片土地带来的情感依然延续着。尽管岁月流逝，人种混杂，对儿童的爱和尊重在这片新土地上扎根，茁壮生长。你们知道当时美国为儿童印刷的书有多少吗？1919 年，1200 万册；1925 年，2200 万册；1927 年，3100 万册。而且，1919 年总共出版了 133 册专为儿童创作的新作品，到了 1929 年，则变成了 931 册。任何一家重要的书店都拥有自己的“童书部”、专业工作人员，以及一系列与成人机构共同运行的相关部门。我手上有一部出色的图书目录作品《童书中的黄金帝国》，它附有插画，非常有格调，总共含有八百页的注释、分析，涉及所有英语童书，无论是原创的还是翻译的。在我们的国家，有哪家出版社、哪个书店会做出同样的努力？这是一个特别的国家，人们不会想方设法地在各个方面做叫人恶心的节省，尤其不会在书本上动这个脑筋。这是一个既不会对制作平价书籍表现出鄙视，也不会认为价钱便宜必然就是完美的保障和成功的关键的国度；一个既不喜欢在书本里用点蜡烛的纸张，也不喜欢那些不堪的文字、颜色日益变淡的墨水、不够结实的装订和错误百出的拼写的国度；一个从孩子童年时就力图激发爱，培养对美的习惯的国度。

为儿童设立的图书馆——这是一个向人类敏感心灵致敬的发明，一个美国的发明。明亮的房间里装饰着鲜花，摆放着赏心悦目的家具。这些令孩子们感到自如欢乐的房间，他们可以自由出入，从目录里找某本书，再从书架上把它拿下来，捧着它来到座位上，然后沉浸于阅读中。这里比沙龙、俱乐部都更适宜。图书馆是家园。对于身处庞大又缺乏温柔的城市里的孩子来说，除了它再没有其他的归宿！外面的生活火热滚烫，一条巨大的人河咆哮着流过；几百万几百万的人你贴着我，我贴着你，狭窄的空间和冲入云霄的摩天大楼，滚滚浓烟的工厂，激活了这些叫作纽约或者芝加哥的城市。人们整日在疲劳和疼痛中劳作着，一直到晚上收工的信号传来，才喘着粗气回到居住的地方，而等待着他们的娱乐也是机械式的。然而在安静的房子里摆放供儿童娱乐的书本，则完全是另一种生活。也是在那里，在图书馆里，在儿童终于寻觅到的家园里，某种价值正在酝酿着，它将在许久之后的某一天，给予工厂里一刻不停的劳动一种意义，这种价值叫作思想。

对于儿童，人们给予他们所有的尊重。无论他是贫穷还是富贵，无论他是基督徒、长老会还是贵格会，他的自由都是完整无缺的。成百上千的书被送到他们手里，任由他们挑选自己喜欢的。他们可以看十分钟，也可以一待就是好几个小时。在欧洲，仍然有很多图书管理员为了保全自己的工作和睡眠时间，对读者抱有一种敌对的态度，好像所有不请自来的人都是他们的敌人。而且还会让你觉得自己的出现好像真是打扰到了他们——那些图书管理员不是为你服务的，你呢，则是为了忍受他们的恶劣情绪才出现在那里的。至于你想借的手工装订的书籍，它们要么已经被借走了，要么早就丢失不见踪影了。所以，赶紧回家吧。在美国，我还从未经历过在借书时，哪位图书管理员不情愿为我服务的事情。而小读者们也清楚地知道，在图书馆里，他们会找到平静和快乐。

哪一天如果你们散步到圣塞维林教堂[1]附近的街区，可以去看看美国人为住在附近的小法国人和其他住在此地的外国儿童（比如来自东方国家、俄罗斯、波兰的小孩），所设立的图书馆。在这些斑驳陈旧的房子里，在狭窄得令人想起维庸[2]拿着蜡烛穿梭其中的街道里，几乎所有的国家都能在这里找到。这条街保留着古老而令人回味无穷的名字：布特布里街。走进去，似乎这里的一切都在朝你微笑：年轻的女人们打理着图书馆，封面颜色悦人的各种书籍，有些放在书架上，还有些精美的大开本书翻开摆在那里，上面有精致的图画和版画；装饰性的花朵和树木延伸到宽敞的阅读厅；然后，是那些孩子。一个乖巧的小男孩来这里，是为了完成一份在家里不可能写得好的作业，不过转瞬你就会看到他专心致志地读着游记和地理书籍。此时又进来两个小女孩，她们神色庄严地查阅着目录。接着进来一个看上去精力过人的家伙，要是在学校里，他一定会让人觉得难以忍受。但是在这里，对任何一个人都不会有敌意。他和其他小孩一样，他在自己的家里；他不是一个过客，而是这屋子的主人。如果他撕破了书页，那么他犯下的是对自己的罪过；如果他搅乱了此地的安静，那么受损害的是他自己的尊严。和其他所有小孩一样，他用粗大的字迹在入口处的注册簿上写下自己名字时，就做出了一个承诺：

[1] 圣塞维林教堂位于巴黎第五区，是左岸拉丁区最古老的教堂之一。——译注

[2] 维庸（François Villon，约 1431— 约 1463），中世纪晚期最著名的法国诗人，是市民抒情诗的代表。——译注

“欢乐时光”图书馆

在这本册子上写下我的名字时，我就成了“欢乐时光”的一员。我承诺将小心保护书籍，和管理员一起努力，让图书馆变得对所有人都有用，并且维护它的舒适。

“欢乐时光”不仅仅是阅读的地方，还是传播童话的场所：从前一年十月到次年五月，每个星期四下午四点半，小听众们围坐在一个讲故事的成人身边，这场景比电影画面还要美。

图书馆每天有一百多位读者进出，每个月举行一次集体会议，告知大家近期发生的各种要事。会议中将选出两个负责人——一个男孩一个女孩，由他们负责阅览室的整理与维护，以及研究吸引新读者的方法，有时候借阅图书也由他们来执行。我童年时的图书馆在哪里呢？那时我在北部，一个人们不考虑如何培育思想，反倒忙着编织布料的城市。图书管理员是个患有痛风、爱抱怨的老头。每次当人们向他索要一本被放在高处的书，而他不得不爬到梯子上的时候，他总是无比绝望。这是一位孤独又忧伤的管理员，这是一个死气沉沉、没有希望的国度。能让你进去，就已经是很大的优待了，因为按照惯例，小孩是不允许进入的。而在布特布里街，人们显然不是这样认为的。

这不是一个所谓的学校图书馆——那种满是上了锁的大橱柜，钥匙不起眼地挂在墙壁上，只摆着二十多本被学生们翻烂了的旧书的图书馆。也不像那些偏远的大众图书馆，即便在大城市，它们也常常如此：位于阴暗的店铺后堂，所有的书都包裹着黑色凄惨的外皮，肮脏中携带着细菌，然后每天晚上由一个临时成为图书管理员的人来分发它们。通常，管理员在第一次听说他可以在这个过程中起那么点教学作用——成为孩子们的向导时，他是无比吃惊的。儿童图书馆，根据美国人的定义，它是一个相比学校更像家的地方。

这些精彩的解释来自图书馆总检查长查尔斯·施密特，他向我们展示了美利坚的这个例子，以及创新理念是如何一点点地征服法国和欧洲其他国家的。

各种手段措施，刺激鼓励新一代作者与经典儿童文学作品抗衡。设立各种奖项，如每年给一位年度最佳作者颁发一枚以圣保罗教区慈善书店命名的奖章——约翰·纽伯瑞奖；来自最权威的书店和教育协会持续不懈的努力；在学校中开设培养专业儿童图书管理员的课程，并给予慷慨的奖学金，鼓励学生到自己选择的国家去学习最新、最有用的知识；组织外借图书馆、乡村图书馆，给偏远的乡村地区邮寄书籍……童书的高产和成功并没有令这个国家变得傲慢，而是让它继续一刻不停地去追寻更高远、更优秀的品质，这就是我在美利坚看到的。

14

丹麦：童话王子安徒生

如果在某种奇思妙想的驱使下，让人们来评选出一位为儿童写作的王子，那我一定不会把票投给任何一个拉丁文化的作者，而会选择那个名叫汉斯·克里斯蒂安·安徒生（Hans Christian Andersen）的人。

1805 年 4 月 2 日，安徒生出生在丹麦菲英岛欧登塞市，濒临波罗的海灰色水流边的一个渔村。父亲是一个鞋匠，他是如此贫穷，连婚床都是自己用碎木头打制的。而母亲口中吟唱的古老丹麦民歌，不但培育了安徒生对这片土地的热爱依恋之情，而且也给予了他美好的品格。十四岁的时候，哥本哈根接纳了他。如果说有时候一个城市会温柔地将身体俯向某个被它收养的孩子，信任他，预见到他灵魂中暗自涌动的天才，那么安徒生的人生就是一个很好的例子。裁缝这一职业并不适合他，因为他希望成为一个舞者、歌唱家或者演员。他努力地找到了能够帮助、支持自己的人，并被资助去学校上学。高瘦孱弱，又长着大鼻子、大手大脚的他，和其他小孩一起坐在教室里，看起来是那么滑稽，好像一只难看的天鹅来到了美丽的鸭子们的世界。然后他又被送进了大学，在获得了一笔旅行费用后，他在游历世界中完成了学业。在尝试写作了众多散文、游记、诗歌和小说以后，安徒生在1839年创作完成了《写给孩子们的奇遇》。从那以后，安徒生写下了众多令人叹服的童话故事，让他的读者为之喜悦颤抖。

我踏上了朝圣者的道路，重新找到了安徒生留下的鲜活记忆。接待我的那位年迈的女士，因为岁月的侵蚀而显得瘦小孱弱。她挥动着双手，似乎在召唤和聚集往昔的点点碎片，她在阴影中对记忆中的他微笑。“他坐在这个角落里，靠近窗户的地方。每当他写下一个新的童话时，他就来读给我们这些小孩听，我是他的小露易丝。他会给我们做各种剪纸：国王、王后、穿着蓬蓬裙的女士、弄臣、风景、树木。对我们来说，他的手看起来真大！他宽大厚重的手十分灵活，从来不会让手里的剪刀出任何的差错。看看他的这幅肖像，下面的笔迹正是他留下的：‘生活是一场最美丽的历险。’看这些扇面，每一个上都有一个名人的签名，这也是他的主意。这个屏风是有一次他生病的时候制作的。他从报纸、杂志上找来各种图画，然后剪贴上去，组成了一个以各个国家为主题的屏风，这个是法国……”白色木板环绕下的宽敞客厅，窗户面向着外面的鲜花市场、鱼市、城堡，哥本哈根的市中心，一切一如从前。安徒生完全可以敲响那扇门，戴着他的大礼帽，手上拿着从不离身的雨伞，从外面走进来。他可以坐回那张他熟悉的椅子，开始讲述夜莺和无所畏惧的锡兵的故事。沿着他游荡行走过的街道，探寻他曾经热爱、观察、凝视的老房子，跨进他走过的那些门槛，跟随他的脚步，我们追寻着这世上最美好的生命的存在：它开始于苦难，历经了绝望与徒劳的努力，游览了动人的异国景致，体验了热烈却总是令人绝望的爱情，以及慰藉心灵的友谊；它最终走到了荣耀这一头，戴上了不朽的皇冠。

安徒生画像

* * *

他是一个国王，因为在童话世界里，他让装点世间万物的奇妙背景都走了进来。他知道，这对孩子们来说并不会显得太多。在他的故事里，你们不仅能找到哥本哈根和那里的砖头房子，巨大的红色屋顶和镶了铜的圆顶，以及圣母教堂上的金色十字架；丹麦和那里的水手、森林、风中摇曳的柳树、随处可见的大海；斯堪的纳维亚半岛，白雪皑皑的冰岛，还有德国、瑞士，以及浸润在阳光中的西班牙、葡萄牙、米兰、威尼斯、佛罗伦萨，当然也有艺术和革命之都巴黎。你们还能看到埃及、波斯、中国，一直到生活在大海深处的美人鱼和蔚蓝天空中滑过洁白翅膀的野天鹅。这是一本璀璨夺目的“充满画面的书”，它通过山川、池塘和人们的窗户来向你讲述，月光忧郁温柔的蓝色光线是如何洒落、嬉戏，然后消散的。如果现在的一切还不够的话，那么就将过去的元素也加入进来吧，从庞贝的别墅到维京人的野蛮宫殿；如果现实不够用的话，那么就看看仙女们创造的魔幻背景吧；如果你的眼睛还没有被大自然中众多的奇观所满足，那么请把它们闭上。在你的梦中将出现真理明暗相间的身影，它变化着，游移着，比白昼的美丽更动人。

拥有如此丰富想象力的作家，也许我们能找到其他类似的。但童话的某些独特价值是安徒生发现挖掘出来的，他送给了儿童既新颖又庄严豪华的礼物——那些生动的画面，只在他的作品中才能找到，而这些画面给儿童留下的记忆则令他们长久地欢喜着。白雪，是我们的孩子不了解的，那不勒斯或者格拉纳达的小孩更是只能远远地望着高山顶上的雪；对于小巴黎人来说，白雪刚出现在眼前，就又立即融入肮脏的烂泥里了。如何才能看到一望无际的冰山的画面呢？安徒生为他们打开了一个冰天雪地的童话世界。在他描绘的寒冷海洋中，漂浮着如钻石般闪耀的巨大冰山，多么奇异的美丽！在姐妹中排行第五的小美人鱼，当她看到冬季大海的面目时，她眼前出现的是怎样的画面啊！

> 轮到第五个小美人鱼了。她的生日恰好是在冬天，因此她就看到了其他姐姐们第一次去海面时所没见过的一些景象。“大海看起来是绿色的，巨大的冰块漂浮在海水上。”她说道，“它们像一颗颗珍珠，比人类建造的教堂大多了。它们拥有各种难以形容的形状，像钻石一样闪着亮光……”

冬天给窗玻璃裹上了一层冰霜，小孩们只能用自己呼出的热气擦拭窗玻璃，才能看见对面的房子。这是令手指冻得发青、令卖火柴的小女孩失去了生命的冬天；这是令克努德从梦中进入了永恒睡眠的冬天；这是令雪人变得骄傲的冬天，它以为自己的目光会让太阳早早地落到地平线下面；沙丘上的冬天，风暴深入内陆，凶猛的沙浪将村庄里的小教堂都覆盖了起来；还有那个叫冬天的国王，它统治着一个叫萨米的地方，掩埋了动物和人类，带来一望无际的荒芜苍凉。这就是安徒生赠送和传递给孩子们的精彩画面。

因为安徒生，我们看见了全身是冰的冰雪女王，她的眼睛闪烁如天上明亮的星星。和小凯一起，我们把自己的雪橇和女王的绑在一起。我们坐在她的身边，和她一起滑行在柔软的雪面上，然后飞了起来。我们穿过了森林和湖泊，陆地和大海。脚下寒冷的狂风肆虐着，狼群吼叫，大雪闪烁。黑色的乌鸦在头顶上方飞行、穿梭，皎洁圆润的月亮在夜空中闪耀。就这样，我们到达了女王的宫殿。

> 城堡宫殿的墙壁是由飞扬的白雪建造的，而门窗则是锋利刺人的寒风。一百多间由雪堆积成的房间，最大的有好几英里，所有的房间都被极光照亮。可这些亮晶晶的屋子却十分寒冷而且空无一人！这里从来没有任何的娱乐活动，比如一场由风暴伴奏的小小舞会，让大熊用它们的两只后脚爪跳舞，展现自己优雅的一面；也从来没有任何为白狐狸先生的那些女儿准备的游戏、音乐聚会。空寂、宽敞、寒冷，正是冰雪女王宫殿的特征。极光将一切照耀得如此清晰，这样她无论身处最高点还是最低点，人们总能看得一清二楚。在这个巨大空旷的雪屋子中间，有一片覆盖着冰层的湖。这冰层破碎成了几千块，然而每一块碎片看起来都一模一样，它们整体看上去就如同一件不可思议的艺术品。湖中央站着冰雪女王，她管这湖叫作理智的镜子，她说它是世界上最好的、独一无二的……

幸好在这片冰天雪地里，我们的心并没有像小凯那样结了冰。

> 小凯冻得全身发紫，近乎发黑。可是他对此浑然不觉，因为冰雪女王的一个吻让他失去了对寒冷的感知力，他的心变得和冰块一样坚硬。他搬弄着一些或尖锐或平整的冰块，正想办法把它们组合成某种图形，好像要拼出些什么，这就跟我们尝试用不同的图形玩拼图游戏一样。小凯像在用冰块玩一种智力游戏。他拼出各种完整的图案、文字，可他却怎么也拼不出他想表达的那个字眼：永恒。[1]

幸好在故事里还有一个吉尔达，她跟随我们穿越了世界，来到了冰雪女王的宫殿，用她滚烫的眼泪融化了坚冰；幸好还有爱，让我们破解了拼图的谜团，重新找到那个失落的字眼……

安徒生是一个国王。因为没有人能像他那样，可以如此轻松自如地走入人和事物的灵魂。

动物们都会说某种能让人理解的语言，这是安徒生和小孩们比其他成年人要清楚得多的事情。当猫咪对小雅克说："和我一起到房顶上去吧，把一只脚放在这里，另一只脚放得更高些。你得再抬高点，看看我是怎么做的，没什么比这个更简单了。"小

[1]　H.C.Andersen, *La Reine des Neiges;* traduction de Pierre Méléze, La Renaissance du Livre, 1929. 安徒生《冰雪女王》，皮埃尔·梅蕾兹翻译。——原注

雅克对猫咪说的话，理解得一字不差。至于狗，它们可不是只满足于狂吠乱叫的家伙。它们还能同时用眼睛、耳朵、尾巴等身体的每一个部分来表达自己，这些对小雅克来说根本不是什么秘密。植物也会说话。至于接骨木妈妈和柳树爸爸，为什么它们之间就不能像其他植物那样交流各自的秘密和心事呢？树叶则尤其爱说话，它们有事没事都喜欢喃喃自语。

越发少见和美好的，是看着那些物品活起来，听着它们的声音。不仅是各种各样的玩具，而且还有摆在壁炉上做着可爱动作的瓷质舞者，以及放在桌子上望着你、向你点头的中国娃娃。数之不尽的被称作“东西”的群体，它们会动起来，拥有自己的感情，说着话，让空气中充满它们的抱怨声、歌声。一切都是有生命的，阳光会穿过窗户舞蹈起来，苹果树的树枝则穿着春天的裙子，客厅里的家具、花园里的工具、厨房里用来烹饪的各种物品，水桶、扫帚、篮子、盘子，一直到火柴，哪怕有的时候它们会有那么一点儿僵硬不自然。一切你们能够想象得到的东西，没有一样是不想同自己的同伴交谈的，没有一样是不希望被人陪伴着共同寻找欢乐的。深夜时分，你们以为一切都停止了。然而恰恰相反，那些平时没有声音的东西，却觉得此刻是最适合说话的时机；或者那些平日里一动不动的家伙，这时候却能感到双腿痒痒的，想要欢快地蹦跳。算术题在黑板上蠢蠢欲动，文字则在笔记本上抱怨着，觉得自己被写得不怎么好看。

当我们还是一个刚刚会说话的孩子的时候，对母鸡和鸭子，小狗和猫咪的语言，我们理解起来是那么容易。它们和我们说话时，就像父亲母亲和我们讲话时一样清晰。当我们把祖父的手杖当成是一匹马的时候，不但能听到它像马儿一样嘶叫起来，甚至还能看到马头、马腿和长马尾。但是一旦我们长大了，这种能力也就立即消失了。不过也有些孩子会将这种能力保存得更长久一些，于是人们把这样的小孩叫作“大小孩”。

大小孩，或者我们也可以称他们为天才。感谢上帝，让安徒生保留了一颗儿童的心。

如果说其他作家在分析理解中将他们所触及的一切都变得干涩枯燥，那么安徒生则全然相反，他将一切变得鲜活生动。当他站在山巅，他会感觉到眩晕，身体颤抖，差点跌入深渊。在冰隙的底层住着冰雪女王，当她同她的受害者说话的时候，我们能听见她的声音。安徒生从来都不是一个人，他总是被一群微小的生命包围着，一群他曾经观察过的、试图将他们描绘出来的生命。他只是一个演员，身处一出角色众多的大型喜剧中，只是他的天赋也许比其他演员要更高一些。这出戏里其他的角色，比如橡树、房子、蝴蝶、海浪、木块、坟墓上的石头，和他一起经历快乐与痛苦。这些幻觉也许并不完全是自发产生的，也不完全是虚幻不存在的，也许它们只是为了向人们描绘讲述存在中的种种神秘和事物中隐藏着的永恒的震颤。

北方民族敏感又强烈的想象力，我们在这里能清晰地感觉到！它同南方那被光芒万丈的阳光切割得棱角清晰、线条分明的想象力是截然不同的！北方终年雾气弥漫，一片晦暗，即使在最快乐的日子里，不确定性和困惑一如既往地激发着北方民族无穷的想象力。他们清晰冷静的视角，并不能阻挡他们从树根上看见某张狰狞的面孔，也无法阻止他们把无边无际的海上雾气与那些不存在的鬼魂混淆在一起。而当他们与外面的世界交流时，他们又总是谦逊而温和的。安徒生并不是可以百分之百相信的，也许所有的这些想象只是源于他自己。他喜欢将宇宙万物和来自别处的召唤都收入手中。带着点犹豫不决，他给予事物各种性格，让它们能和自己站得一样高，好像是为了在苍白空洞的地平线上找到一些朋友。他把动物也放到和自己一样的高度，这是一种对生命的尊重。为什么动物们就不能拥有做自己的权利呢？那些穿着黑白条纹衣衫、脚上穿着红色丝袜的白鹤，外表虽然很相似，但为什么它们就不能有独特的个性呢？生活在森林里的鸟和生活在平原上的鸟，正如它们拥有不同的羽毛一样，为什么它们不可以也有着不一样的性情呢？

从生命的表面转入内在，为什么我们不试着发现每一样物品也有独特的灵魂呢？如果这只是一种游戏的话，那么它至少是慷慨又充满同情心的。那盏陪伴、参与了人的岁月生活的老路灯，似乎也有着自由思想。它在黑夜中将危险阻挡在外，固执地同风雨作斗争。它有某种智慧，因为它对路人的奇遇总是充满了兴趣，还会给他们一些建议。它有一颗敏感的心，当看到身边的苦难时，它也难免跟着痛苦。它渴望能延续自己的生命，它最痛恨虚无。就这样让梦想继续不停地滋生着，一直到永恒。此外，类似的故事中，衬衫领子对它高贵冷淡的模样自豪不已；茶壶则号称它只有在温暖的时候才会唱歌；还有那一先令的钱币，如果有人对它说你不过是个假的，它会生气地颤抖起来。

当我们从童话中走出来的时候，我们和走进去时的那个自己相比，已经不完全是同一个人了。就像兰波说的那样，不由自主地，我们也变成了一出精彩的歌剧。如波浪般摇曳的麦子，是哪一种澎湃的情感令它们轻轻晃动？飘移着的云朵，它们又是要上哪里去？也许它们是穿着轻巧的衣衫准备到天空王子的宫殿去参加宴会？

* * *

在他所有的书写中，最高贵动人无可比拟的，是这些。

安徒生想，世界上有很多的痛苦。你们爱的女人，她们不爱你们。她们说，她们愿意成为你们的姐妹，但是这不是一回事。她们成为著名的歌唱家，或者远赴他国，或者嫁给了其他人，然后就将你们遗忘了。还有死亡，这是个实在不怎么讨人喜欢的创造物。早逝的父母和被他们留在世上的小孩，这些孩子将遭受怎样的痛楚！人们时时刻刻都能感觉到那份不稳定，也许每一秒我们都在迈向死亡。无论是恺撒的宫殿还是诗人的诗句，一切都将化为硝烟尘土。动物们也并不比我们快乐，正如被戴上了项圈的狗说的那样："世界上的事情，无论对狗也好，对人也好，都不是非常合理地被安排着的。"

假如我们能知道这一切的原因，那么至少也算是一种安慰。只是生活这本书，它读起来困难重重。智慧的人能把其中的几个章节解读出来，但那最后一章，那通往未知的一章，却依然是个谜。必须找来智慧之石，用最耀眼的光线将它照亮。可是，智慧之石又在哪里？人们说，一切的错误都来自我们的祖先，可他们又是怎样犯下这些错误的呢？

当你独自散步，或者难以入睡时，所有这些疑问令你的思想运转着，继续增添着人类的愚蠢。因为世界上傻瓜的数量实在是太多了，每一个人都以为自己比实际能力的位置要站得高一些，被骄傲膨胀着。雪人在夜晚降临时，以为是它威严的目光让太阳落了下去；蓟花吹嘘它来自某个苏格兰的贵族家庭；葡萄牙的拐杖认为自己是最高贵的，于是鄙视一切葡萄牙以外的东西；荨麻则觉得它是一种与众不同的植物，因为它有娇弱的花边。就这样一个接着一个，一直到所有的傻瓜一起欣赏皇帝身上那件看不见的新衣。

过分的工作不仅会令双手变得僵硬，还会在心灵上留下痕迹。不工作的人则会变得自私残忍。有的女孩为了不弄脏鞋子而踩着面包走路，比如那个小英吉尔。而像沼泽之王的女儿一样，在我们每个人的身上都存在着双重本性。“一种可怕的魔法在她的身上作用着。白天她迷人可爱如同一个精灵，好像太阳的女儿，实际上她却有着野蛮凶狠的性格。到了晚上，她变成了一只丑陋的青蛙，倒现出了她谦卑温柔的一面。她呻吟着，双眼充满了忧伤。这内外矛盾的双重本性，随着太阳的升起与落下不停地交替着。”简而言之，如果故事讲到这儿就没有了下文，那么这个故事也就缺少了几分引人入胜。让我们来听听卖香料面包的商人是怎么说的：“我在店铺的橱窗里摆放着两个小人形状的香料面包，一个是戴着帽子的男人，另一个是没有戴帽子的小姐。他们都各自有半边脸孔，不过另外半边最好还是不要看了。人都是一样的，不光彩的一边总是不怎么好看的。”

这就是这个讲童话的人眼中关于人性的真实。这个一生经历过众多苦难，给予各种物品生命的人，他不是一边瑟瑟发抖，一边跟你说地球上是如何温暖的，他知道活着究竟意味着什么。痛苦和存在的种种问题，他都坚定地把它们摆到你的面前。但是他也丝毫没有被现实击退，失去勇气，他尝试着面对面地将它们看清楚。因为如果我们只看见现实一半的脸孔时，常常会觉得它是如此可怕。

对人类存在的认识让他明白，我们身处在一种过渡的生命状态，只有意愿、信仰和爱才能帮助我们找到出口。人的世界只是一个在不停地变化发展的空间，我们只能自己把自己提到现实的高度，随时准备好与它碰撞。爱作为一种理想价值，是要比缺失以及痛苦更强大的：它创造了所有的奇迹，包括重生；它是生命的原动力，是永存的预言声。在爱的驱使下，埃及国王放弃魔法，带着对女儿的爱，从死神的门前重回人间，预言者对他说：“爱制造了生命，最强烈的爱会产生最高远的生命，也只有爱才能拯救一个国王的生命。”因为爱，做出了没有退路的牺牲的小美人鱼，从此获得了永生。真正的罪过，在于同思想对立的错误，缺少善良和人性；而真正的美好，是向往高远的心愿，通过努力最终被接纳承认。这不仅仅是对人而言，对动物也是一样。“动物和人一样，也是上帝的创造物。我坚定不移地认为，没有任何生命是会散落走失的。所有的存在都将获得它应有的幸福。”

有那么一只丑陋的癞蛤蟆，头上戴着一颗耀眼的宝石，它总是尝试着看到事物积极的一面。“这颗珍贵的宝石，如果你能认得出，你就可以在太阳里面找到它。可是你不会成功的，因为太阳光实在是太刺眼了。我们的眼睛还没有能力正视上帝创造的一切光辉，但是有一天我们会有这种能力的。那时这个童话将会非常精彩，因为我们自己也将会成为这个童话的一部分……”

正是这种内心生活给予了童话厚重丰富。正因为它，才有了令读者们灵魂震撼的感动瞬间；也是它，给予了故事澎湃又安宁的个性。我知道的一位作家曼佐尼，他带给我的印象，和安徒生相似，尽管他们之间存在着各种差异。曼佐尼和安徒生一样，在将罪恶展现在世人眼前后，只留下些许感伤，然后立即就通过信仰走进了平和。他们两个在面对世界这出戏剧的时候，都始终保持着平静。他们甚至会用幽默和愉快来面对它，因为他们掌握着其中的秘密：“人要有信仰和希望，因为这两样东西不会欺骗你。”两个人都更喜欢向卑微的人群靠近，因为在这个过渡的世界里被搭建起来的阶级制度只是一种虚幻映象，它终将被更高一等的公正和法律所取代。“造世主的爱是无边无际的，它拥抱着所有的生命。”“一切生命在强大有力的造世主面前都是平等的，他一视同仁，公正主宰着宇宙万物。”在这两位作家的身上，我们能感受到他们之间相通的、来自圣经的启迪和影响。

讲故事的男人站在他的窗户边，他聆听着明亮夏日里从丹麦飞回来的燕子和白鹤振动它们的翅膀，他聆听着自己的好朋友——风的娓娓讲述。或者他把自己融入人群里，听着各种各样的对话：卖香料商人的话语，钓黄鳝的老渔夫的故事……所有的一切都让他有所得。他又以他的方式将这些收获还给它们——这些让他微笑起来或者心生感动的故事，他给它们添加上了诗意和悲伤的色彩，但又同时保持着属于他的简单；他给它们涂抹上鲜艳温柔的色彩，装上翅膀飞到天涯海角，但又同时给予了它们最强烈的情感。这也许正是这些故事的众多迷人之处里最具有决定性的优势，也是它们拥有强大感染力的主要原因。

孩子们没有弄错，在这些美好的童话里，他们不仅找到了快乐，还寻找到了存在的法则，以及每个人必须担任的那个角色的意义。他们也是要面对痛苦的，还有什么事情能比布娃娃的死去更令人忧伤的呢？他们正模糊地感受着周围世界或内心存在的痛苦。只是这种猛烈撕扯的情感对他们来说总是匆匆闪过，瞬间的怀疑并不会搅乱他们的平静生活。他们的任务是带给世界新的信仰和希望。如果不是因为有这些新鲜自信的年轻力量在循环补给着，那么人类的思想意识将会变成什么样子呢？这些孩子是我们思想的继承者，大地将被他们重新装点，变得生机盎然，生命也将重新拥有意义。安徒生带着他那浸润着诗意和期待一个更美好的未来的不懈信念，同孩子们的心灵站在一起，与属于他们的性格站在一起，参与着儿童在人类世界里的行动与任务。他始终和儿童一起，维系着那种避免让人类走入腐朽溃烂的理想主义的力量。

* * *

他们一丝不苟地努力，他们做出各种牺牲，他们给予强烈的爱。这些为童年书写的伟大作家（当然，我们这里提到的只有那些真正的大作家）：哥德史密斯、查尔斯・兰姆、玛丽・安・兰姆、沃尔特・司各特、罗伯特・路易斯・史蒂文森、狄更斯、拉斯金、吉卜林；华盛顿・欧文、霍桑、马克・吐温；普希金、果戈理、契诃夫……如何解释这些北方作家相对于南方作家的优势呢？

是不是在雾气弥漫的天空下，自然会有更多的温柔？情感会更不由自主地走向弱小、谦卑和简单？还是托尔尼奥的小孩们要比那不勒斯的更珍贵？无论我们偏好哪种假设，有一个文化视野上的差别在此必须提出来。

在拉丁国家，儿童只是成人这个职业的候补人。这就是为什么在罗马的街道上，我们常常可以看见只有十岁的学生小孩穿着黑色的长袍，戴着绒帽。为了让孩子们有一天能成为神父，我们给他们穿上了滑稽可笑的、只属于将来的衣服。童年是没有意义的，童年时光都将被后来的岁月淹没，它们本身并没有意义，只为以后做准备。我记忆中儿时的自己总是在准备着书写、测验，第一次团契甚至像一场考试一样，第几排第几座，每个人都有属于自己的座位。不让儿童拥有自由，而让儿童在监督中成长，这是拉丁式的理想教育。寄宿学校的监督，是全方位从内到外的监督。在监督下散步，儿童如囚犯一般，每周四和周日排成一条长龙走在那条大路上，多么可怕的噩梦！甚至在家庭内部，母亲温柔的建议却是以某种命令的语气表达着：不要在草地上走，不要走得太远，不要把手弄脏，不要把裙子沾上污渍……不是我们不会宠爱小孩，在威严的脸孔下，我们心甘情愿地满足着他们的种种奇思妙想，但只有一件事情是不被允许的，就是让他们做自己。

在盎格鲁-撒克逊民族那里，童年是有权利存在的，它把人们对失落天堂的怀念投射到生活中去。为什么要急切地从这幸福中走出来呢？这种淡淡的怀念总是能恰到好处地找到自己的位置，然后在童年中安顿下来。童年有它独特的、稳定的价值。到达目的地并不比在春日阳光下一路前行这个过程显得更重要。身体在青草上、蓝天下成长的喜悦；心灵还未曾经历过沉重负担和对生活感到厌倦的喜悦；拥有只服从自己、友谊和荣誉的意念的喜悦。儿童被日复一日的温柔岁月哄骗，当时间尚不急着把他们推向终点前，他们还未感受到成人的焦虑，也不了解未来将如何攻击并摧毁现在。

世界上没有什么能比成为一个来自伊顿或者拉格比公学的年轻英国人更幸福的了。他们穿着裁剪合身的黑色西装，或者成为穿着宽腿裤在耶鲁、普林斯顿、哈佛的校园里散步的大学生。即使不在这些幸福的小岛上生活，孩子们依然拥有他们独特的个性。他们是与长辈们不同的独立个体，任由长辈们走自己的道路，而他们丝毫不必紧随其后。就这样，有一天孩子们也会来到河岸的另一边，让那些大人（老去的、孩子不怎么放在眼里的成人）去拥有自己的朋友和关系。“我们也总要有我们自己的生活。”他们在心里想。每个人都有属于自己的河岸。成人与儿童，这是两个被岁月之河分开的不同部落。他们维系着良好的邻里关系，但是各自有各自的喜好和生活。

“我们的儿子明年夏天要来巴黎了。”

“您一定会让我们见见他的，是不是？”

“当然。”

我们会请他到家里来，为他举办一个宴会。这是个出色可爱的男孩，他的父母又和我们是亲密的朋友。他们在美国热情地招待了我们，是轮到我们在巴黎向他们表达谢意的时候了。

可是我们还是白等了一场。虽然我们知道他已经来了巴黎，但他却没有来敲我们的门。他来巴黎是为了看那些和他年龄相仿的朋友的，他住在他们那里。至于他父母的朋友，那就是另一回事了。所以，他之后直接回到了芝加哥，并没有与我们见面。

大人们在这方面是没有什么优势，更不占任何上风的。还有一次，故事发生在波士顿，依然是我们非常亲密的朋友，亲密到无论什么时候想去看望他们都是被允许的。结果，当我们到朋友家里的时候，居然被请到了二楼——父母躲在卧室里吃晚餐；占据餐厅和沙龙的却是孩子，他们正招待着朋友们。于是有教养、不吵闹的父母不想打扰孩子，甚至不出来露个面，他们清楚地知道这两个世界——儿童和成人之间是有界限和区别的。

如果说北方的儿童文学成就要高于南方各国，那么这种优越性很有可能来自想象力的不同。在前者中，想象力更具有私密性，也更细致微妙，就像不够明亮的风景却常常是画家们偏好的，因为它们能给画家提供更细腻的色彩。这是一种更接近于梦幻的想象，它需要相对少的元素来表达阐述，少了些逻辑和一丝不苟，更脱离情感生活，但又不时回到情感这一主题上。总体来说，北方民族的想象力更适合年幼的心灵。在拉丁民族的身上，想象力是一种更外向化的存在，它更习惯于以造型和躯体的方式来表达。它更臣服于理性，哪怕发展到了任性、荒唐的程度，依然是严谨的几何体。它更亮眼，但是也缺少了几分诗意。它极难自我满足，从这一点上来说，它并不会通过自身的艺术游戏寻找到百分之百的满足。而它却时刻担忧着，如何将儿童忽略了的、强烈细致的快感以美的形式传递出来，令他们感受到这种幸福的承诺。

北方相对于拉丁各国的优势，尤其体现在拉丁民族对童年情感的严重缺失上。童年如同一座财富小岛，必须保护它的幸福；童年好像一个共和国，应该让这个国家里的人按照他们的法律生活；童年好像一个拥有特权的阶级族群。而拉丁民族呢，一旦到达成人的年纪，就立即停止了呼吸，也不再生活了。在此之前，它穿越着成长的各种危机，连小孩自己都恨不得能早日结束这个过程。如果你们把几个相同年龄的小西班牙人、小意大利人、小法国人放在一起，再放上一个小英国人、一个小美国人，你们立即就能发现年龄在前三者的身上已经留下了某些印记，他们的心智也更老成，正如他们说的：在生活的路上，他们走在了更前面。在那些阳光微弱，连长出一根枝干都要慢很多的国家，在那些成人一旦开始劳作奋斗便快速苍老的国家，人们会不由自主地让童年的花朵盛开得更持久些。童年之所以幸福，不是因为它对现实的无知与忽略，而是因为它生活在一种更适合它的意识的现实中。理想主义的生活不是无法触及的未来，而是简单、即刻、被握在手中的幸福。童年拥有的这一切，如果我们将它剥夺了，那将是一种犯罪。简而言之，拉丁民族认为，儿童从来只是未来的成人；而北方民族却对这个比真理更真实的道理了然于心：成人从来都只是昔日的儿童。

Ⅳ

—

国家特征

人们可以轻视儿童文学——在这种情况下，他们也势必将忽略它在一个民族灵魂和国家气质形成发展过程中所起到的作用。

15

意大利的昨天：匹诺曹的故事

那个瘦瘦小小、身上穿着花衣服、脚上踩着树皮做成的鞋子、头上戴着面包屑做成的帽子的木偶，叫作匹诺曹。从前有个木匠，想把一块木头拿来做成桌子的脚。可是当他拿起木头准备雕琢的时候，一个尖细微弱的声音响了起来："快别敲了！你弄疼我了！"木匠刚把木头打磨光滑，那个声音又响了起来："别再磨了，你弄得我浑身痒痒！"木匠对这块爱说话的木头感到有点害怕，于是毫不犹豫地将它送给了自己的同行——木匠杰佩托。杰佩托正想找块木头做一个木偶，他把这份礼物带回他一贫如洗的工作室里，开始精心打造他的杰作。"我准备把他叫作'匹诺曹'，"他说道，"这名字会给他带来财富和幸运。我认识一家人，他们所有人的名字都叫匹诺曹。匹诺曹爸爸、匹诺曹妈妈、匹诺曹小孩，所有这些叫匹诺曹的日子都过得很好，他们当中最有钱的靠讨饭过活。"他雕刻出了脑袋、头发、额头和眼睛。他才刚刻完鼻子，鼻子就突然变长了，虽然他试着重新再刻一次，可鼻子却还是太长太尖了。杰佩托一刻完嘴巴，木偶就笑了起来，他的两只手敏捷地偷走了老木匠的假发，脚一走到门口就准备逃跑。匹诺曹就以这样的形象出场，他热切地想要探索世界，迫不及待地与小意大利人建立友谊。

年幼的灵魂柔软而尚未定型，美德在他们的身上只是本能，罪恶也只是缺点，他们需要我们成人来帮忙辨认。当他们从一本书中发现自己和书里的主人公十分相似时，他们是愉快的。他们像是在镜子中发现了另一个自己。匹诺曹不是一个坏小孩，恰恰相反，只要他有改掉缺点的意愿，他甚至可以成为一个模范孩子。可他就是一个有缺点的小孩——他公然宣称，抵抗诱惑纯属浪费时间；大人不让他做的事情总是比建议他做的事情更有吸引力；如果不用学习，就什么都会是最好的。某段时间，他在好友的引诱下，进入游手好闲的“玩乐园”：在那里，星期四和星期日都不用上学，一个星期则由一个星期日和六个星期四组成；假期从一月一日一直持续到十二月三十一日；白天唯一做的事情就是玩耍，晚上当然是用来睡觉的，然后第二天继续同样的事情。对于自己犯的各种小错误，匹诺曹可不觉得说些小谎话来掩饰一下有什么难为情的。只有当他又尖又长的鼻子不停地变长的时候，他才不得已说出真话。匹诺曹是个喜欢吹牛的家伙，他吹嘘道：“让那些杀人犯尽管来吧，我只要一听见动静，就会立即把他们的脑袋抓住。”结果才刚看见坏人的影子，他就一溜烟地逃跑了。和众多小朋友一样，匹诺曹喜欢打架，用拳头和力量来声

“煎蛋从窗口飞出去了！”（源自《木偶奇遇记》）

讨权利似乎是理所当然的事情。他跟小孩子一样，喜欢恶作剧、开玩笑，不过哪天你要是拿他开玩笑，他马上就不干了。他充满了自尊自爱，总是希望将它们全部展现出来，但是在各种蠢事面前，荣誉和骄傲又立马不见了踪影。儿童身上常见的毛病，比如不肯吃药，从来没吃过小扁豆却声称一点儿也不喜欢，各种暗中滋长的小自私……如果不及时纠正，将会变得根深蒂固。还有儿童特有的优点，比如真切深刻的情感，纯真心灵表现出对人与事的信任，一种被爱的需要以及由此产生的爱……所有这些特点都被清晰地表现在聪敏、温柔又细致的匹诺曹身上，哪怕只有十岁的小读者也能看得一清二楚。

需要补充的是，匹诺曹的故事不仅是一面折射现实的魔法镜子，它还同时给予了儿童无边的想象空间。那个由大人们组成的世界是多么的乏味无趣！他们追寻梦想时，要面对各种真真假假的障碍；到处充满着等级划分：人类处在神圣国王的位置，动物们要比人类低一等，植物和其他许多事物则被叫作“物质”。儿童则恰恰相反，他们努力不让身上的颜色褪去，不陷入庸常地向前行走着，他们试图寻找到宇宙的密码。他们将自身澎湃涌动的生命力交给了匹诺曹，一切在他们的眼前都是如此的精彩激动，一切对于他们认真倾听的耳朵都如此具有吸引力，没有什么能限制他们的思想飞翔。而从现在开始，匹诺曹在出其不意和种种惊喜中，愉快地引领着他们。他将儿童带到木偶人的剧院，他的那些木偶兄弟一下子就认出了他，于是大家在演出结束后点起蜡烛，狂欢跳舞到天明；他带着儿童来到一个到处充满拙劣骗术的城市，遇上了没有毛的狗，把翅膀上的粉末卖掉而失去了颜色的蝴蝶，没有鸡冠的公鸡和浑身光秃秃的孔雀；他也让儿童见识了“会出奇迹的田野”，虚伪的猫和狐狸吹嘘说只要在大树底下埋下五枚金币，连水都不用浇，就能收获一田野的金子……一个又一个故事在轻巧与任性中起伏推进着，你以为它就此结束了，它却又立即展开了。如同匹诺曹自己所说的那样，只有开始，没有结束，除非我们把书翻到了最后一页。因为偷葡萄，匹诺曹的腿被陷阱困住。虽然被主人从陷阱里放了出来，但他得充当看门狗的角色，脖子上还戴着一条粗重的链子。他又是如何变成了一头驴子，以博学智者的形象出现在马戏团里，最后差点让自己的皮被人拿去做铜鼓的？那个绿渔夫又是怎样将他当作某种不知名的鱼，害他裹上面粉，差点被扔进油锅里炸得金黄酥脆？他最终又如何被专吃不听话小孩的鲨鱼吞进肚子里？跌宕起伏的情节中，我们还先后认识了狗儿、乌鸦、猫头鹰、黑兔子、殷勤的海豚和从三楼走到地下室总共花了七个钟头的蜗牛。坐在被一百多只白老鼠拉着的仙女的马车里；骑在白鸽的背上穿越蓝色的天空；在两个警察的看守下羞愧地前进着……匹诺曹以永不停止的行动，穿越着想象的土地。

想象力，不正是意大利人思维中最珍贵幸运的天赋吗？有哪个民族曾经创造出如此温和、优雅、光彩夺目的画面？有哪位作家能够用童话般的任性随意搭建创造？阴暗可怖如地狱圆环；笑声灵动如阿尔米达[1]花园里飘洒下的娇艳鲜花；流光溢彩又喜悦

[1] 阿尔米达是意大利诗人托尔夸托·塔索（Torquato Tasso，1544—1595）的诗史《被解放的耶路撒冷》中的主人公。——译注

纷呈，如梅塔斯塔齐奥[1]笔下悲喜剧的高潮，匹诺曹继承了意大利传统中无与伦比的想象力，并将它继续扩散壮大。这一过程中所需要的物质条件被降到了最低点，只需要一块木头和动机能量，没有沉重的身体成为拖累想象的负担。他的身体和他的心智一样，轻巧跳跃。他极少服从普通人存在的各种规律法则，也无法同逻辑挂上钩。他虽然本身只是孩子的一个梦，却又有在你我梦中畅快行动的能力。

在他被叫作“匹诺曹”以前，在他变成令儿童喜欢的木偶之前，人们称呼他为哈里昆小丑、普利奇内拉小丑，或斯坦德勒罗小丑。他源于意大利传统的戴面具小丑，在静止不动和即兴表演之间转换着。这一出色的意大利喜剧技巧，因为难以模仿，长久以来一直被原封不动地引进到法国。我们在匹诺曹灵敏的身上又重新看到了它的影子。他让我们想到在意大利小丑戏剧中，天赋过人的演员们拥有自由的表演空间，他们灵动自如地转换不同的动作和情感。

人们常常给昨天的意大利——即使它在时间上离得非常近，可事实上却已经远去了——标上机会主义的特征、习惯以及礼仪形式。不信从英雄主义，而被眼前的利益左右着；人们尽管可以嘲笑那些着眼于小恩小惠的人，可是他们却常常成为最后的胜利者。那么，我们的匹诺曹是否也是一个机会主义者呢？

必须承认的是，匹诺曹的道德观既不伟大，也谈不上高远，

[1]　梅塔斯塔齐奥（Pietro Metastasio，1698—1782），意大利诗人。——译注

而是十分讲实际的。如果一定要总结一下《木偶奇遇记》这本书的核心教育含义，那它应该是以下这些：这世界上存在一种立即会实现的公正，它会奖励善行，惩罚罪恶。既然善行能带来各种好处，那么人还是应该多做好事；那些打同学的，把学校当成游戏玩耍地方的，或者宁可听朋友的建议，也不愿意服从父母命令和不遵守承诺的孩子，都是大错特错的。对他们的惩罚会从某些意想不到的地方突然出现。成天只想着吃喝游荡的小孩，将会在监狱或者医院里找到自己的归宿；钱并不会从天而降，需要用双手和头脑辛勤劳作才能赚取。只有傻瓜和被狡猾的坏蛋蒙骗了的人才会以为赚钱是轻而易举的事情。简而言之，社会道德降低成了一种交换法则。如果你表现得和蔼、善良、慷慨，那么可以肯定的是这些品质将会得到回报。“他人”是神秘的存在，当你优待他们时，他们会心存感激，但他们既不会忘记也不会忽略你的错误。故事里不断重复着这两句谚语：“种瓜得瓜，种豆得豆。”“我们永远也不会知道明天会发生什么。”

变幻莫测的想象力和极富实际精神的行为之间，不一定是相互排斥的。我们完全可以构想出一种灵活的心理状态：从梦幻的领地迅速跳跃到可触摸到的现实中。活跃的思维在给平凡细琐的人与事装点上悦人的色彩后，并不会受制于它创造出的幻想。制造幻想和令它们瞬间消失，是同样简单的，这正是匹诺曹的情况。这种简单又实际地对道德的理解，不正向我们揭示了这个民族思维的趋势吗？这种以出乎意料的形式表现出来的“深厚智慧”，不正是我们常认为的意大利的特点吗？

但匹诺曹不仅仅是意大利的，他和他的“父亲”卡洛·科洛迪（Carlo Collodi）——本名卡洛·洛伦齐尼（Carlo Lorenzini）一样，都是托斯卡纳人。科洛迪在1880年的《儿童报纸》上第一次发表了这个有趣的故事。要知道托斯卡纳人可没有一个不是充满智慧又能言善辩的，在这一点上我愿意接受读者们的挑战。所有的托斯卡纳人，哪怕是普通的平民，哪怕是农民，哪怕是小孩，都懂得观察，善于发现荒唐，言语犀利，思维活跃又灵动。在匹诺曹故事里的每一页中都能找到机智与出其不意、荒唐的点子和幽默犀利的审视。故事中蕴含着具有喜剧效果的想象力和敏锐智慧，同时混合着看似天真的外表和辛辣好玩的细腻。与它类似的例子有我们国家的吉尼奥尔[1]，但我们的吉尼奥尔远没有匹诺曹显得轻灵。因为托斯卡纳人的心智是同时兼具细致和优雅这两个优点的。比如故事中这个简单的笑话：

“你父亲叫什么名字？”

“杰佩托。”

“他是做什么工作的？”

“当穷人。”

《木偶奇遇记》中，蓝发仙女邀请匹诺曹的朋友们来吃点心：

[1]　吉尼奥尔（Guignol），法国木偶剧及其主要角色的名称，诞生于19世纪初的里昂。——译注

有几个人要人家求他们才肯来，不过一听到那些小面包的外面都涂满了黄油，他们立即就说："那为了让你高兴高兴，我们还是来吧。"

多么伟大高尚的人啊！为了让别人高兴，他们才答应让自己也高兴高兴！还有更有趣的人物，比如那个操纵木偶的男人，他有着可怕的外表，但内心善良，他只要心里一感动就忍不住打起喷嚏来。更有说服力的一个情节是：匹诺曹虽然是清白的，但还是平白无故地被关进了监狱。恰逢某个纪念日，于是所有的罪犯都被释放了。匹诺曹也准备从牢里出来。

"您可不能走，"狱警说，"您跟他们不是同一类。"

"什么？"匹诺曹回答道，"我告诉您我可不是什么好人。"

"这么说您还真是有道理。"狱警说。

随后狱警十分尊敬地摘下了帽子同匹诺曹告别，打开门，把他放走了。

"我的肚子里还有另一个饿！"某一天匹诺曹没有吃饱的时候大喊道。同样，科洛迪也总是为我们保存着另一种欢笑和智慧。在托斯卡纳某个城市的花园里，在一个春天的早晨，明朗的天空下，面对着平缓的山丘，人们应该为科洛迪竖起一座雕像。艺术家正在一块木头上雕刻那个著名的小木偶……我在胡说些什么啊，又一座雕像？它们已经够多了，还常常很丑陋，上帝饶了我们吧！其实我们只需要记得，在每年四月庆祝一下匹诺曹的生日。不需要演说，但是要有很多舞蹈和歌曲、木偶们的表演、各种游戏，当然还要有很多很多的糖果、蛋糕和甜甜的饮料，以及自由、欢乐，甚至幸福……让它们一起美好地映衬着属于昨天的意大利的画面。

16

意大利的今天：《爱的教育》与爱的美德

今天的意大利是大胆而富有攻击性的。它一如往昔地能言善辩，但是又在雄辩中加入了震撼人心的特质，让它的人民为之牵挂感叹。它用自己的力量创造了一种意识形态。当它公开宣布下一次出征时，它会感到喜悦。对于不了解它的人来说，这是一次巨大的变革。

然而了解意大利的人知道，它此时的心理状态其实由来已久，是顺势发展、合乎逻辑的表现。长久以来，意大利四分五裂，遭受外国势力的轻蔑与鄙视；长久以来，它被“当作奴隶般对待”；长久以来，它只是欧洲舞台上的一个配角。意大利的统一是它面对这一切轻视的报复，但它依然是不完整的。大规模的战争依然无法满足它，所获取的成果它也不甚满意。外界的评价和自认价值之间的差距，令它对现状不满足。这就是为什么它希望能拥有更多的力量，成为名副其实的强国，展现它的力量，甚至成为欧洲和世界舞台上的裁决者。只有如此，才能令意大利的骄傲得以实现。

1886 年 1 月，德・亚米契斯[1]当时已经是一位极受大众欢迎的作家。这位凭借描写士兵生活散文而大获成功的作家，有一天来到儿子学校的大门前接孩子。他看见自己的孩子和同班的一个穷苦小孩走在一起，那孩子身上套着过大的外套。道别前，两个孩子互相拥抱着。德・亚米契斯被这一手足情深的场面深深打动，于是构思了一本描述学校生活的小说。书稿在四个月内完成，随即被交到印刷商的手中。《爱的教育》就这样诞生了，它描绘了年轻的意大利最深切的愿望。

校园生活以明快的色彩和趣味的画面描绘着，小说从头到尾透露着意大利的气息和精髓。这本写给儿童的书是一本爱国主义的圣经。它一方面尝试总结昔日的璀璨历史，另一方面也试图将意大利国家统一这一重要史实，以及由此产生的民族凝聚力传递到儿童的意识中去。都灵课堂上的那一幕并非一个简单的细节，而是为了唤起人们对皮埃蒙特地区历史的记忆。开学第一个星期，主任走进教室向大家介绍从卡拉布里亚来的新同学时，这样说道："你们要牢牢记住我说的这些话。一个卡拉布里亚的孩子来到都灵要像在自己家里一样自由自在地生活，而一个都灵的孩子到了卡拉布里亚也能像生活在自己家里一样。我们的祖国为这一目标奋斗了五十年，有三万意大利人为此死去……"从卡拉布

[1] 德・亚米契斯（Edmondo De Amicis，1846—1908），意大利儿童文学作家，代表作《爱的教育》。

里亚来的新同学刚坐下，周围的孩子就纷纷送给他钢笔和画片，坐在最后一排的一个男孩还送给他一张瑞典邮票。

此外，在结业那天，那些被老师选中的、负责把奖励获奖学生的书本带来学校的小孩，也绝非纯属偶然地被选上。这些孩子里有一个米兰人，一个佛罗伦萨人，一个罗马人，一个那不勒斯人，一个西西里人，一个撒丁岛人。他们象征着统一的意大利——完整的祖国与儿童一起参与着这场欢庆。每个月老师都会读一篇学生们非常喜欢的故事。来看看它们的题目：《帕多瓦的小爱国者》《伦巴第的小哨兵》《佛罗伦萨的小抄写员》《撒丁岛的小鼓手》……所有把《爱的教育》奉为经典的孩子，生命中最强烈的情感即是对祖国的热爱。

然而这些关于过去的总结，如果对未来并没有意义的话，那它们又有什么用呢？德·亚米契斯所理解的爱国主义的美德，并不是平和安宁的——它是一种即使有了胜利的肯定，也依然隐含着伤痕的情感；它从来只以赞叹骄傲又略带陶醉的口吻来表达。父亲们、老师们、学生们也都以此为内容，将它变成抒情又如史诗般的主题。爱国主义的内容远没有干枯耗尽，反而刚刚开始向外扩张。它不像我们在英国人身上能找到的，是一种平静的自信。意大利人需要表现、行动、竭尽心力。爱国主义是如此强烈而激荡，足以号召行动；它是一种活力四射的力量。如今这统一的国度站到了新的起点上，爱国主义将向着更高远的命运出发前进。一段路程刚结束，下一段路程已经做好了准备，这正是今天的意大利渴望追寻的。

17

法国：理性、智慧、优雅

谁说我们只爱严密的逻辑？

看看夏尔·佩罗笔下的仙女吧。她们能让小孩们为之疯狂雀跃；她们懂得在出其不意和矛盾重重中奇迹般地继续理性之路。如果她们想让飞翔的生活变得多彩纷呈，有谁能阻止她们呢？当然没有。但是，因为这些仙女来自法国，所以如果能在跳跃的想象中，一如既往地继续法国人最擅长的对逻辑和抽象法则的遵从，那这就是最让人高兴的事情了。“我们敏锐地发现，”费尔南德·巴登斯贝格[1]在他关于文学心理的著作《文学：创造、成功、延续》（*La Littérature: Création, Succès, Durée*）中写道，“佩罗

[1] 费尔南德·巴登斯贝格（Fernand Baldensperger，1871—1958），法国比较文学的奠基人之一，曾执教于法国斯特拉斯堡大学、里昂大学、索邦大学，以及美国的哈佛大学等。1921 年，巴登斯贝格与本书作者阿扎尔一起创立了期刊《比较文学评论》（*Revue de littérature comparée*）。——译注

的仙女们以她们独特的方式，展现着笛卡儿式的仙女面貌。她们挥动魔法棒，就会发生各种惊人的变形。相比亚洲人的想象——眼前突然出现石子变成的华丽宫殿，或者微风中飘舞的羽毛变成了公主，我们的仙女们则自始至终在同一世界里行动，好像是被某种理性的变化指引着。为了帮助灰姑娘参加舞会，一个浑圆的成熟南瓜变成了一辆金碧辉煌的马车，一只胖老鼠变成了长着小胡子的马车夫……仙女们带着点腼腆，始终保持着理性，不会为了展现魔法获得快感而改变事物的逻辑。她们同时当然也牺牲了自己更强大的魔力，为了感受在对事物逻辑的尊重中才能获得的细致微妙的愉悦……”

这一观察分析是完全正确的。让我们来重新读一读佩罗笔下灰姑娘泪流满面的那一段。她的姐姐们即将出发去舞会，而她则因为脏兮兮的模样遭到了鄙夷，只好待在家里：

> “好吧，你是一个好女孩吗？”她的教母说，“我来想办法让你参加舞会。”教母把灰姑娘带到房间里，对她说道：“去花园给我摘一个南瓜来。”灰姑娘立即去摘下一个看起来最诱人的南瓜，拿到教母面前。对于一个南瓜怎么能让她去参加舞会，她全然没有主意。教母挖空了南瓜，只剩下外面一层皮，然后用她的魔法棒轻轻一挥，南瓜居然立即变成了一辆金灿灿的马车。接着，她在老鼠夹里找到了六只还活着的老鼠。她让灰姑娘打开老鼠夹，每只跑出来的老鼠被她用魔法棒一碰，立即就变成了俊美的马儿，就这样六匹灰色骏马出现在她们眼前……

金黄的南瓜变成了金色的马车，灰色的老鼠变成了灰色的马儿，长着胡子的老鼠变成了一个嘴上留着俊美小胡子的马车夫，壁虎变成了身穿多彩华服的侍者。灰姑娘的教母在想出这一系列办法时，仔细地观察了各种物体的形状，法国人因此十分满意。与其被魔法眼花缭乱的光芒照得睁不开眼睛，他们更喜欢把眼前的一切看得一清二楚。

人们说除了逻辑以外，我们这个民族身上还有另一个特点，就是拥有智慧和思想。如果说有的国家必须费尽力气才能寻找到的话，那么我们不但早就将其握在了手中，而且还能转卖给别人。有人甚至觉得自己身上的智慧多得有点泛滥。谁让法国人生下来就注定拥有思想的光芒呢?

在《一簇发里盖》中：

> 从前有位王后，她生下了一个非常丑陋的儿子，以至于人们一直怀疑这小孩究竟算不算正常人。他出生的时候，一个仙女告诉大家，这孩子并不会因为丑陋而没有人爱，因为他会拥有很多很多的智慧。仙女还说，她将赐予男孩某种神奇的力量，哪天当他爱上什么人的时候，他能把自己的智慧给予那个人……这孩子从他会说话的那一刻开始，就善于讲述各种美好的事物。而他的行为举止则展现出某种难以用言语形容的过人聪慧，让人为他着迷。

我们的里盖甚至懂得如何智慧地献殷勤，来听听他是怎样对那位既美丽无双又愚笨至极的公主说话的吧！

“美貌，”一簇发里盖说，“它具有那么大的优势，占据了所有剩余的空间。如果我们能够拥有它，我不认为还有什么能令您伤心的。”

“与其有如此的美貌和这样的愚蠢，”公主说道，“我更希望和您一样丑陋，但是拥有智慧。”

“公主，没有什么比自认为不够聪明更大的智慧了。越是聪明的人，越觉得自己的智慧不够多。”

这是我们特有的理解世界的方法。

还有那个不够谨慎的小拇指，他用面包屑来做记号，却没有料到天上的鸟会把它们全部吃光。他身陷各种极端又令人绝望的危险情况，不过别担心，他自有办法。

女性在我们的文明中占据了至关重要的地位。

我们的童话中，有许多文质彬彬的英雄、许多擅长向女士献殷勤的王子。无数的公主，比如菲内特、格拉西厄斯、金发美女、弗洛琳、德西蕾……光有美貌是不够的，她们还必须聪慧明智。即便是世界上最美貌的女子，如果缺少智慧的话，她也不会令人喜欢。她尤其不能高傲自满，这是我们这个民族绝不接受的缺点。其实只要读读童话，就能为法国人画一幅有趣的肖像画——这正是法国人心中理想的样貌。这些年代悠久的童话，当初从凡尔赛宫和巴黎的贵族圈流传开来，逐渐才散播到平民阶层；而平民又把这些故事转变得更贴近他们的生活价值观。

一些灵光闪动的天才将我们带到或微小或伟大的发现前。

儒勒·凡尔纳在八十天里完成了环球旅行，行过了海底两万里，在气球上待了五个星期，而他实际上却从来都没有离开过亚眠。他就差没有想到，利用海洋中不同水层之间的温差能制造寒冷，以此转变各大洲和地球的现状。至少他是到地球的中心去了，去看看那里正在发生些什么。

当然还有我们的社会性。

来看看塞居尔伯爵夫人的作品。在她的故事中，是找不到被自我意识占据着的个人画像的，她呈现的总是一个社会的面貌。让人物性格为一个群体社会服务，塑造有益于社会的个人，这正是她的艺术精华所在。她让寡妇和鳏夫再婚，她将孤独生活的杜拉金将军重新带回那个名叫“天使守候”的小旅店。

她出身于罗斯托普钦家族，因此我们时常在她的故事里看到俄国色彩。对于权威的理解，她的看法和我们非常不一样。她认为只要是上级的命令都是神圣的，必须立即执行，否则就要小心脑袋和鞭子了。记得杜拉金将军吗？很明显，他不属于我们的社会。在这个出色的男人身上，无论是他的优点还是他的缺点，都和我们的不一样。在法兰西岛严谨、平静、明朗的天空下，是看不到这样的男人的。他需要很长的时间才能从愤怒中平静下来，让他的俄国灵魂习惯法国人的处事方式。

塞居尔夫人笔下的角色一不小心就会缺乏约束，显得有点过头，但她有时的确会忘记要看紧他们。他们的胃口是多么好！他们的胃大得惊人！看看这个简单的野外午餐场景：

> 大家先吃起了野兔肉酱，接着是一锅炖肉，然后是椒盐土豆、火腿、淡水龙虾、梅子塔，最后还有奶酪和水果。

这个场景呈现出在气候寒冷的地区，人们需要依靠食物取暖。在我们国家，人们在野餐时是没有吃那么多东西的习惯的。

在愉悦中渗入一点儿残忍的滋味，也是我们所不习惯的。我们既没有那么复杂，也没有这种不健康的心态。可是在塞居尔夫人的作品中，却出现了这样的情节。比如，两个小孩愉快地叙述着他们的假日记忆：

> 玛格丽特：那只可怜的癞蛤蟆，被我们放进了蚂蚁窝里面！
>
> 雅克：还有那只我为你抓来的小鸟，因为我把它攥得太紧，它居然死在我的手里了！

无须太过费力地寻找，我们就能在塞居尔夫人作品中找到很多类似的特征。这些特征不属于我们，它们反映的是另一个国度。但她同时又是一个法国人，和很多法国人一样，她热爱社交生活、沙龙、城堡，以及人们可边谈话边散步的花园。交谈，是

Le chien secouait la tête, la couronne tombait, et Marguerite le grondait.

《小淑女》（源自 1860 年阿歇特“粉色图书馆”版本）

从一个话题自然地跳转到另一个话题，浅谈而不坚持，接受身旁的人向你传递来的意见而不固执己见，优雅、愉快、充满智慧地接纳他人性格中的局限，这是一种多么惊人的快乐！没有什么比度过如此的时光更迷人的了，塞居尔伯爵夫人对此十分了解。她笔下的人物来自社交圈，我们可以想象他们如何穿梭于复辟时期或者第二帝国的沙龙。男人们围着壁炉，女人们坐在沙发上，玩着交谈的游戏。有一个乍看下令人很难解释的奇怪现象，就是塞居尔夫人在法国，不仅受到有钱人家孩子们的喜欢，穷人家小孩也一样为她着迷。甚至那些外国人，住在巴黎贫穷街区的东方人，都兴味盎然地读着《小淑女》（*Les Petites Filles Modèles*）或者《苏菲的假期》（*Les Vacances*）。这是什么原因呢？那是因为这些可怜的孩子在这些故事里，看到了他们难以想象的世界，和他们所处的世界如此不同。一个夺人眼球的惊奇世界：高贵的女士们、儒雅的绅士们、举止优雅的小女孩，都说着文雅的语言；明亮的客厅，草地上的狂欢，会面，散步，晚宴，点心；遮阳伞和蓬纱裙；背心和络腮胡……一系列的贵族脸孔直到今天依然令孩子们喜欢，因为他们几乎和童话里迷人的王子公主一样奇异美妙。我这里有一个十分令人好奇的例子。一个九岁的小女孩，看姓名似乎是个犹太孩子。学校的老师请她列举自己最喜欢的书籍：

> 我很喜欢埃克多·马洛的《苦儿流浪记》，从头到尾我都读得很投入。

开始的时候，故事让我觉得非常悲伤。但是到了结尾，雷米重新找到妈妈的时候，我觉得很高兴。

我也很喜欢“粉色图书馆”里的书，塞居尔夫人的故事，尤其是《苏菲的假期》《苏菲的烦恼》《一个善良的小魔鬼》《小淑女》等等。

所有这些书里我最喜欢《小淑女》，因为作者让我们看到了以前的人们是怎样生活的。

作者让儿童看到了“以前的人们是怎样生活的”——这应该就是那些故事令人无法抗拒的魅力。

继续我们的探索，我们即将来到儿童书的金银岛。没有一个国家像英国那样，在它的童书里留下了永恒的印记。

18

英国：宗教、实用、幽默

我们只需要回头看看过去的童书就会有个大致的概念了。我们很快就会知道英国人对祈祷、上教堂这些事情是丝毫不觉得脸红难为情的。他们不满足于外在的形式，而习惯在意识深处琢磨各种宗教问题。只要翻翻十九世纪写给男孩女孩们看的书，就能确认这一点。如果我们希望获得更肯定的答案，那么也可以追溯到更久远以前。十七世纪末十八世纪初，虔诚的宗教书籍多么丰富！让我怎么说呢？一个还没有专门为儿童创作书籍的年代，在英国居然有一本以一种最悲情最偏执的方式，专向儿童讲述“赎罪”这个主题的书。我这里说的当然不是《圣经》这部所有读者一生首先阅读的作品，而是一部纯想象的、起初并非为儿童所创作的著作——《天路历程》（*The Pilgrim's Progress*），但它却恰恰具备他们所喜欢的各种元素。它是一本神秘的想象作品，以近乎寓言和小说的形式呈现基督教教义。

这部作品诞生于一个国家和一个灵魂的危急时刻。发表于1678年，由饱受信仰之苦的约翰·班扬（John Bunyan）在监狱中书写而成。身为一个贫穷的补锅匠的儿子，他先继承了父业，后来又成为一名士兵。直到有一天他审视自己的灵魂，认为自己是蔑视宗教的最糟糕的人。他在基督教中重新找到了希望和活着的理由，决定将余生都用来赎罪以求重生。他在宗教游说、为他人进行洗礼、惨遭迫害与囚禁的同时，在灵魂上尝试成为一名牧师。当他重获自由，并将这本《天路历程》献给无数像他一样曾经误入歧途的人时，他被奉为如同上帝的预言家一般高大神圣的人物。

痛苦的朝圣者，他既拥有作为信仰者的幸运，又同时背负着可怕的包袱！对他来说，一切的理念情感都以具体的画面和形态表现着，它们突显出无信仰者的恐惧怀疑和信神者的无限希望。在我们终将逝去的生命里，他却总是能发觉永生的迹象。他说从前的他活在毁灭之城里，和所有兄弟一样，丝毫没有发现自己悲惨的境遇。然而有一天，他察觉到压迫在自己身上的罪孽是如此沉重，他被压弯身体跪到了地上。他也许将坠落到比坟墓更深、更阴暗的地方，即地狱之穴。于是他绝望地呼喊：究竟该怎样做才能赎罪，并获得重生？

最后，他决定出发远行，抛开肩上的一切负担，离开妻子、孩子、朋友，以及需要他的民众，和一切有可能牵绊住他的凡世关联，谦卑地开始朝圣之旅。基督教教义远远地指引着他，引领他走向灵性天光，向着锡安而去。

一场漫长的旅行就这样开始了。它充满焦虑与错误，在绝望与新的希冀中一次又一次地重新开始。在羞辱谷里，他坠入了瘟疫肆虐的沼泽地，他与身上长着鳞片、背上生着龙一样的翅膀、脚如熊掌、肚子里冒出火焰、嘴大如狮子的怪兽搏斗着。在怀疑城堡中，绝望这个巨人将他关入狭窄黑暗的洞穴，他就在那里面，在没有水也没有食物的情况下，度过漫长的白日。在重生中，他赢得了一次次的胜利，但迷失路途的危机却又不时出现。世界的智慧、虚伪、吹嘘谄媚，将他带离了正途。永恒是他的弱点，但他的信仰请来了善良的天使，这令他赢得了面对邪恶的战役。基督徒终于跨入了天国圣城，但即使在抵达目的地以后，危险依然巨大。才刚刚走进天国圣城，他就发现，他在这里完全有可能丧失一路旅途带给他的各种收益，从此陷入深不见底的地狱。

除了讲述信仰，这部作品还忧心忡忡地描绘了邪恶的强大力量，它们如何轻而易举地腐蚀谦恭的朝圣者的灵魂，并将他们打入万劫不复之地。像是为了细细品尝一般，全书先一步步将人类的悲惨境遇展现在读者面前，然后再指出解救它们的方法。令人安心释然又心生疑惑的各种隐喻在不急不躁中，试图将这本讲述赎罪的作品变成治愈人生一切痛苦、让奇迹重生的一个机会。虔诚的信仰火焰快要被汹涌肆虐的风暴熄灭了，但它总能再度升起，绽放光芒。这是一场旨在警惕人们意识的激辩，对作者来说，宗教问题已经不再是人生中最重要的，而是唯一有意义的问题了。

朝圣者将他的妻子和四个孩子留在了家里。似乎第一场旅行还不够过瘾，他贪婪地想要立即再经历同样的情感、担忧和恐惧。

于是约翰·班扬又再次开始了他的记录，这一次走上征途的是一个女基督徒。路途上她遇到的怪物并不比第一次的少几分恐怖，但是在各种拥有超人力量的人们的协助下，她的朝圣之路似乎略微容易了些。当她穿着不死之衣终于来到天国圣城时，她见到了上帝。对鲜艳色彩总是充满了兴趣的儿童，怎么可能不渴望凝视这样的画面呢？而这画面又怎么可能不将火热滚烫又略带阴暗的信仰，烙在那些纯洁的心灵上？

* * *

现在让我们从庙宇或者教堂里走出来。读过圣经，听过教义，唱过圣歌以后，约翰·班扬重新回到了人类现实世界，并且不否认它的存在。既然他无法改变现实，那么至少他可以将它整合安排，让它最大程度地对自己有益。对他来说，生活并不像那些在英吉利海峡对岸的邻居所认为的那样，是一系列必须首先找到解决方案的提议——一种以逻辑的形式来应对反叛的内容，或者以一种不容置疑的法律原则来面对人和事的种种傲慢与强求。生活对他来说，更像是一片行动的田野。

“让我们热爱眼前的事实。”约翰·班扬这样对他的孩子们说。读者们都知道，他曾在书中说，有一连串的问题我们是永远无法回答的，不仅仅因为这些问题非常艰深复杂，还因为回答是无用的，世间万物就是这个样子；不要一次又一次毫无顾忌地提出那些“为什么”，因为“为什么”不会把我们带到任何目的地；

请你们保持平静，不要问得太多；观察、尝试、找寻经验，这才是好的方法。谁会想得到，这一理论正是培根的伟大科学实验方法呢？

玛利亚·埃奇沃思在提到她的父亲——一位擅长写作的教育家所倡导的教学方法时，这样说道：“我要求公众承认，我父亲是第一个建议以培根爵士的经验论为教育基础的人。”如果你们有勇气的话，可以翻开《哈里和露西》看看。

> 哈里：我们可以试试看，爸爸。
>
> 父亲：是的，我的孩子，这是唯一学习知识的可靠方法……

十九世纪，印刷给英国小孩们读的报纸里，那些几乎一模一样、发行量持续增长的报纸上没有不正经的玩笑话，只有事实、严肃的知识、有用的知识、有益的传记。历史，尤其是英国的历史；地理，尤其是英国及其殖民地的地理；各种物品是如何被制造出来的，邮政体系和电铃是怎样运转的，等等。只有轻浮不够稳重的国家才会去编织那些悦人的童话，由报纸开始讲述故事，再让读者给加上结尾，以此展现订阅者的聪明才智；而一个严肃的国家是拒绝这种浅薄的游戏的，它需要实用的内容。比如，“在我们新一期的比赛中，我们的题目是……”。《男孩自己的杂志》（*The Boy's Own Magazine*）这样说道：“棉花的种植和生产。”《男孩早期书籍》（*The Boy's Early Book*）这么说：“我们的比赛题目是以下这些：1. 平价邮政的历史发展全貌；2. 英国王位继承人的历史；3. 电力在电报系统中的应用；4. 梯形在体育运动中的用途；5. 钟表的制造；6. 姓氏的起源和历史发展。”从前的报纸，你们是多么智慧、实用、有益啊！我希望至少你们不会真心期待小孩们能对这些问题有深刻的回答。但你们是平静又庄严地邀请着读者们继承先辈们的传统——你们娱乐儿童的方式是教他们那些必备的知识，让他们某一天成为一个优秀的利物浦商人、出色的曼彻斯特工业家，以及合格的英国人。

报纸业是一桩生意，一个营利事业，如银行或者商店一样。其他国家倒也不是对以此来牟利不感兴趣，而是他们有点难为情，或者说是虚伪。于是总是尽量少谈钱，营造出一幅出版人是出于兴趣、编辑是出于对职业的忠诚而继续从事这个行当的虚幻画面，而且深入人心。这也不仅仅限于英国的报纸。一群把自己当成股东的出版人开着年度会议，罗列着各种数据；每个星期超过十万份的印数，再努力一下就能达到十五万份了。这在当时是一种何等成功的创造！更何况是在我们认为广告宣传不如现代这么具有侵略性，且儿童求知欲较低的时代！

我看到1863年的《男孩杂志：关于文学、科学、历险和娱乐》（*The Boy's Journal, a Magazine of Literature, science, adventure and amusement*），他们设立了一个专门的机构，只要一收到款项（以邮政邮票或者汇款的方式来支付），就寄给读者们所有他们希望从伦敦获得的玩具、科学器材、工具、书籍、绘画用品、化学器材、版画等等。机构负责邮寄，告诉读者哪些器材最好，最优惠的价格是多少，如何合理使用它们。1867 年，《英格兰男孩》（*Boys of England*）赠送给读者的礼品是十块银表，五十架六角形手风琴，五十对可爱的兔子，一百卷莎士比亚全集，一百支德国长笛，一百盒多米诺骨牌，一千幅版画，一百个精美的领带夹。在兔子和长笛之间，莎士比亚的作品所占的位置并不那么重要，就跟第二次礼品里沃尔特·司各特的作品一样。第二次的礼品有：两匹小马，三十块银表，五十根板球棒，五十根钓鱼竿，三十根击剑棒，两百卷装帧精美的沃尔特·司各特的小说，一百幅版画，三只来自新大陆的俊美至极的狗。这样的赠送活动还将一直继续下去。

读者们难道是因为想得到一支长笛或者一只来自新大陆的狗才选择订阅这份报纸的吗？没过多久，阿瑟王子订阅了这份慷慨的报纸，令出版商备感荣耀，觉得地位突然之间好像被拔高了不少。事情就是这个样子，解释和批评的思想总是起不了作用，而王子又总归是王子，社会等级就是社会等级，能获得王子殿下的订阅，是一份令人动容的荣耀，同时也是获取利润强有力的保障。想到自己正和王子殿下读着一样的报纸专栏，有哪个英国读者不会觉得幸福至极呢？或者是同普鲁士大使的儿子威廉姆·伯恩斯托夫伯爵读同一份报纸？不仅仅英国本土，海外各殖民地贵族绅士的儿子们也最喜欢这些报纸呢！

萨尔瓦多·德·马达里亚加（Salvador de Madariaga）在他研究英国性格的著作里写道，当公爵嫁女儿的时候，整个英格兰都沉浸在幸福中。

* * *

爱丽丝疲倦地躺在草地上，什么都不想做。她看见一只红眼睛的兔子从她面前走过，它从衣服口袋里拿出怀表看了看，然后叫起来："上帝，我的上帝，我要迟到了！"爱丽丝跟着它钻进了洞里，然后一路滑到深不见底的未知世界，也许这里就是地球的中心。她来到一个面朝着美丽花园的大房间，可通向花园的门太小了，她钻不进去。真是个奇怪的地方！她喝下了一瓶上面写着"把我喝掉"的液体，然后爱丽丝突然就变得很小很小了。当她吃下一块写着"把我吃掉"的蛋糕时，她则不停地长高长大，一直长到连自己的脚都看不见为止。在这个奇异的国度里，爱丽丝从很小很小变得很大很大，再从很大很大变得很小很小，就是找不到合适的尺寸。在她嚼着蘑菇的时候，她变得那么小，以至于下巴猛地碰到了自己的脚；或者是高得脑袋顶到了树上，把鸟儿吓坏了，以为她是一条来偷鸟蛋的蛇。"我只是一个小女孩。"爱丽丝对鸟儿说。要怎样的奇思妙想才会创造出这个时大时小，一下子长二十米高，一下子又小得看不见人影的小女孩呢？

在《爱丽丝梦游仙境》（*Alice in Wonderland*）里，这样奇异的想象力还有很多很多。我们会看到白兔总是哀怨道："哦，公爵夫人，公爵夫人！我这么让她等我，她一定要气疯了！"我们会看到爱丽丝在她的眼泪池塘里游泳，认识了很多和她一样想从这个巨大池塘里逃出去的动物，她和它们玩各种疯狂的游戏。还有公爵夫人的青蛙和鱼儿侍从；厨娘在汤里放了那么多的胡椒粉，让大家不停地打喷嚏。这厨娘可不是好惹的，因为公爵夫人的孩子抓着她的青蛙不放，她居然把铲子、钳子、火钳、盘子、锅子统统朝公爵夫人和她的孩子扔了过去。公爵夫人还要爱丽丝把她的孩子安置到一个安全的地方去，可这孩子实际上只是一头小猪，它迈着碎步跑远了。“我们都是疯子。”在喧闹中一只猫出现，说道。这只猫也是个令人惊奇的角色，因为他能随心所欲地出现或消失。我们也许还没有疯，不过随着故事的推进，我们很有可能会变成疯子。

如果我们固执地坚持思维所习惯的严密逻辑，而不愿意完全走入游戏中，那么我们是有可能发疯的。但这却不是我们邻居英国人的特点。活在一个梦里，更何况是一个快乐的梦，难道真的会叫人不喜欢吗？小丑逗趣行为所引发的笑声，是有其魅力的，它让我们舒缓、放松，不烦心于生活中的问题。让我们顺其自然，不要强求故事中的角色一路笔直地向着目标走去，如果有谁藏起来了，从书里消失不再出现了，那就让他留在某个我们不知道的角落里吧；让我们不要太苛求，用愉悦的心情来接纳文字游戏，千奇百怪的误会、错误，让头发竖起来的玩笑，荒唐滑稽的把戏……这一切太过疯狂？也许恰恰相反。这些好玩的事情让我们从银行、办公室、图书馆、教室……所有这些地方的束缚中挣脱出来，给予我们心灵短暂的休憩。也许我们会像爱丽丝一样陶醉在自由里，重新体会到年轻的滋味。而我们对此却没有丝毫的羞愧，因为英格兰并不是一个被老头子们统治着的国度。

让我们享受荒诞吧！这会让我们幸福愉悦。去和三月兔、睡鼠、疯帽子以及爱丽丝一起参加疯狂的下午茶聚会吧。睡鼠除了醒过来时聊聊糖蜜，它要么在睡觉，要么成为其他人开玩笑的对象，比如被丢进茶壶里；三月兔对他抹了顶级牛油的手表居然走得不准而感到惊奇；疯帽子则表现出了鲜明独特的个性，他的行为实在是有点过分。他让大家猜各种谜语，但这些谜语没人能回答，因为它们本来就没有答案。于是他便对自己感到相当满意。时间就这样停滞不前，依旧是下午茶时间，既然没有了时间，大家也就不知道要洗餐具。待大家满意地换过座位后，下午茶时间又重新开始了……

红心王后打槌球的那一幕比茶会还要精彩。爱丽丝终于来到了在故事开始时她看见的那个花园，她现在身处扑克牌王国了。首先让她觉得惊奇的是三个园丁，分别是扑克牌黑桃 2、黑桃 5 和黑桃 7，三个人忙着把花园里的一株白玫瑰漆成红色的，因为他们早先弄错了颜色。如果被王后发现了，她会把他们的脑袋都砍下来的，所以必须重新给玫瑰上油漆。白兔子与被士兵环绕着的国王、王后一起来到了花园，王后宣布现在已经到了玩槌球的时间了。“爱丽丝可从来没见过这样的槌球场地，地面上到处是沟沟坎坎。活蹦乱跳的刺猬被当成了球，而灵活的火烈鸟则被当作了球杆。士兵们不得不把身体弯成拱形，头脚着地当球门……”所有人互相推搡打斗着，就为了把逃跑的刺猬抢到手。就在人们准备狠狠击出刺猬球的时候，火烈鸟把头转过去了。扑克牌士兵们因为疲倦，又回到了原来的位置上散步。难以形容的混乱局面，几乎每一分钟我们都能听到王后的声音：“把他的头

《爱丽丝梦游仙境》（源自阿歇特版本）

给我砍下来……”所有的球员就这样被判了死刑，只剩下国王、王后和爱丽丝。不过这些都不重要，因为到最后所有的罪犯又都被赦免了……

没有什么比英式幽默更特别的了。幽默，是人们嘴里实际说的和心里想的内容之间存在反差，常常用一种事态严重的口吻来表达最好玩的事情。但它也可以用一种有趣俏皮的方式，表达一些最真实的内容。这里我要向从来没有玩过槌球这种运动的人们解释下：任何一场槌球比赛都和红心王后观看的那场是一样的，它总是会激起观众的愤怒（让人恨不得把球员们的脑袋都砍下来！），难以形容的混乱场面常常导致比赛不得不被中断。因此，《爱丽丝梦游仙境》描写的这一场景是与事实有一定的相似性的。同样，没有人会真的以为围绕一杯下午茶的谈话能有什么深刻含义。尽管如此，人们还是十年、二十年、三十年地每天在此项练习上贡献两个小时的时间，其结果自然极有可能和三月兔、疯帽子的表现一样。再来看看故事的最后一部分，对偷窃了馅饼的红心骑士的审判，这一幕和我们先前提到的儿歌《红心王后》里表现的是同一内容。证人们的证词虽然一个比一个夸张，但是令人印象最深刻的却依然是爱丽丝：

> “对于这个案子，你都知道些什么？”国王问爱丽丝。
>
> “我什么都不知道。”爱丽丝回答说。
>
> “一点点都不知道？”国王坚持问道。
>
> “一点点都不知道。”爱丽丝说。

“这一点非常重要。”国王对陪审团说。所有的陪审员一齐将这句话写在木板上。

就在这个时候，白兔插了嘴：“陛下，您想说的是一点儿都不重要，当然一点儿都不重要吧。”他以一种恭敬万分的语气讲道，可他的眉头却紧皱着，表情怪异。

“一点儿都不重要，我想说的是，当然，”国王紧接着小声说道，“很重要——一点儿都不重要——一点儿都不重要——很重要……”他好像是在试验着哪句话听上去更顺耳。

有几个陪审团的成员记下“很重要”，而其他几个则记下了“一点儿都不重要”。

这虽然只是个滑稽的玩笑，但绝非凭空编造，有不少审判正是如此进行的。我们为作品中这些更深刻的内容笑起来，也许我们在阅读中都没有意识到它们，但它们却在思想中苏醒，并闪耀着。讽刺并不是完全虚假的，相反，它本身所包含的真实令我们动容。

英国人是冷静、内敛的。但是有一天，只有那么一天，他们会将长久以来收敛在内的激情以一种不容置疑的强烈方式释放出来；只有那么一天，他们会让想象力随处游荡行走。这时候你会看到他们是如何走到好奇心的尽头（尽管平日他们是那么懂得克制），甚至会走到哈哈大笑的那一边。一旦他们发现以不同寻常的奇怪角度来看待世界是一件很有趣的事情，用放大镜或者缩小镜把事物原有的形状破坏掉是趣味无穷的，他们就再也不愿意停下来了。他们有属于他们的笑声，这笑声看似简单，实际却包含着极为复杂的内容。他们还同时能用幽默的方法将这些内容转变得更细致且寓意深刻。一个外国人可以尝试着理解《爱丽丝梦游仙境》，但是想要真正懂得它，那他必须是一个英国人。查尔斯·路特维奇·道奇森（Charles Lutwidge Dodgson），一个牛津大学的数学家，才华横溢、腼腆内向、敏感细腻又具有讽刺精神，喜欢儿童的陪伴大大超过成人。有一天在游玩的时候，他为一个热爱童话的小女孩爱丽丝创造了这个故事。1865 年，他以刘易斯·卡罗尔（Lewis Carroll）的名字出版了它。从此以后，在他的国家，孩子们的天空中闪烁着幻彩华美的光线，那里面有白兔先生、疯帽子、假甲鱼和至高无上的红心王后。

* * *

这是一个勇敢坚强的民族，他们欣赏强壮的身体和坚定的意志。出发、旅行、征服，在远方驻足是这个民族的激情所在。它并不会有意地去开垦田野，但是它希望大海能属于它，让一艘船带着它有多远漂多远。

因此，为儿童创作的书籍将致力于维系他们对运动的爱好，激发他们对胜利——并非个人胜利，而是团队胜利的热情。要赢得一个群体的胜利，首先需要的是自愿的牺牲精神。教孩子们喜欢水手的生活，让他们的思想登上轮船，穿越浩瀚大海，直面危险与危机，特别是不要让他们害怕。看看英国人是如何运用冷静和勇气，一次次地从海难、火灾中逃脱，在遭遇海盗、食人族的威胁时幸免于难的。也许有些人在沙漠中迷失了方向，被囚禁起来绑在木桩上，但是他们没有颤抖，因为他们知道性格中蕴含的能量是对抗命运最有效的良药，更何况勇敢地死去也并非真的那么糟糕。《勇敢的故事，大胆的民谣，在陆地和海上的旅行与冒险》（*Brave Tales, Bold Ballads and Travels and Perils by Land and Sea*），这才是适合他们心智的营养食物；《英雄士兵、水手和旅行家》（*Heroes soldiers, sailors and travellers*），这才是他们需要的典范。

热爱你们的国家，为保持英格兰的强大力量而努力。它高于世界上其他国家的优越性是不容置疑的，而这种优越性应该被当作一种既定不变的理念和真理。像你们的父亲、祖父以及一切先人一样，成为它的信徒。不要去浪费时间争辩错误的事情，直接行动是最好的选择。在经历了帝国战争以后，当特拉法尔加的水手们回到房间里，还在为英格兰经历的危险群情激愤的时候，这一经历能教给孩子们什么呢？他们可以读一本叫作《青年人的娱乐》（*The Youth's Amusement*）的书，出版于1818年。他们可以从里面找到传说中戴着面具的战士们的形象：

> 如果法国人或者其他英格兰的敌人吹嘘他们将踏入我们的土地，在我们的房子里生活，那么所有能拿起长枪的人，都会自愿走上战场，保护他们的父母、财产以及政府。

拿起长枪自愿走上战场是没有年龄界限的。面对这些凶恶的法国人，只有不停地向他们挑战和发出各种尖酸刻薄的攻击，好像法国人在布洛涅整顿他们部队的画面就在眼前一样！一些年后，当英格兰成为欧洲各国中最富有强大的国家时，当它开始带着高傲的情感自我凝视时，写给儿童的报纸又应该说些什么呢？听听1863年的《大不列颠的年轻人》（*Young Men of Great Britain*）是怎么说的：

> 今天我们可以毫不吹嘘地说……《大不列颠的年轻人》是一张全世界通用的护照。一切勇敢、慷慨的事物，一切人性中高贵英勇的特质，都在这几个简洁明了的词语中被表达了出来。将腼腆胆小、没有野心的性格全都放到一边，我们认为这个名称象征并代表了无畏与智慧的阶层，我们的政治家、演说家、士兵、水手和科学家们正是从这中间走出来的。此外，还产生了我们的立法人和保护我们家园的人，产生了高贵的心灵，他们毫无畏惧地穿越在大洋与大洲之间，令英格兰的名字光辉闪耀……

离我们更近的年代，当帝国主义的风潮在成人中狂热掀起的时候，它同时也尝试将儿童淹没在其中。《大不列颠的年轻人》这个题目已经无法满足他们的需求了，《帝国的孩子》（*Boys of the Empire*）此时更好地反映了这个国家在1901年的观点：

> 维系、巩固爱国主义精神和对国家的忠诚，是《帝国的孩子》这份报纸的目的。我们希望通过这个帝国的联盟，能完成这一重大任务：将所有希望努力维系英格兰民族荣耀和传统的人，如战友般紧密联系在一起。“帝国儿童联盟”的成员并不需要为此牺牲大量的时间和精力，我们也不强加给他们众多的义务。我们只是邀请他们，通过直接的个人努力，令自己成为各方面都符合作为帝国之子要求的光荣楷模。

这就是昨天、前天和一直以来人们灌输给英国孩子们的情感。明天的英格兰将会拥有怎样的面貌呢？

想要得到确切的答案，我们可以研究他们的部长履历，计算他们书籍的税收，参考一切今天的现象和资料。但是我们不能忽略了为儿童书写的书籍，以及为他们创办的报纸！如果今天的小英国人继续阅读，并且喜欢纳尔逊（Nelson）或者威灵顿（Wellington）小时候读的书，那么英格兰的明天将不会改变。

19

所有的国家

当我们试图追寻对祖国的热爱究竟出自何处时，哪一个法国人不是试图在记忆中拼命寻找着人生第一次看到关于法国的书籍或者图画的时刻？[1]其他国家当然也同样如此。那些有意将国家辉煌的一面直接放到孩子手中的书籍，常常并不是以最深刻的

---

[1] 这一理论源自一本由乔治·蒙特格伊（Georges Montorgueil）撰写的，由乔布绘制插画的书："我们一定不是唯一在记忆中保留着令人激动的、从儿时就植根于我们心中的对国家强烈的爱的人。第一次走入并了解它，是通过各种著名的传说。只要曾经翻动过那些书页，谁能够忘记那个梳着长辫子、眼神清澈的小法国，在一个个世纪中成长着？这边刚从它的高卢语言里走出来，看着地平线上不计其数的恺撒兵团，那边就又开始了令人害怕的雅克战争。哭泣着的不幸的圣女贞德，路易十四的无与伦比，那歌曲里的绵羊和环绕着大特里亚农宫的风暴。""法国是一个人物形象，"米什莱如是说道，"他懂得解释，因为他首先是一个诗人。乔布和蒙特格伊迷人的想象在于，年轻读者能从他们讲述的历史中敏锐感知到杰出历史学家深刻的人性观点。" Emile Henriot, *Sur un imagier*（*Le Temps*, 28 septembre 1931）. 参考自埃米尔·昂里奥的文章《在图片上》。——原注

方式来谈论这一话题的；在其他保留了想象力，同时又想教授些什么给孩子们的书籍里，则以一种更细致也更强烈的方式来描绘我们的国度。这其实是一种隐秘而又不停息的合作：孩子要求成人延续发展父辈们身上已经拥有的各种美德，成人则将自己保留下来的良好性格再传给他们。我们不知道这种循环开始于何时，但是它永远也不会结束。高贵的品性就这样世世代代在血液和思想中传递着。

但是我们不能仅仅停留在这一点上。儿童的书籍因为从本质上排除仇恨与对立，无可避免地，在祖国这个层面上的意义将牵涉到人性的因素。

V

人性的精神

儿童提醒着我们简单灵魂的强大力量，就如同简单艺术的伟大力量一样，永恒而不朽。

20

儿童文学的世界视野

我记得我小时候，是拥有关于世界和地球的视野的。我居住在一个并不宽广的城市，直到有一天我逃离了那里。我跟随着一本书里两个和我一样大的男孩安德烈和朱利安，我们三个小孩完成了环法旅行。然后另外一天，我在堂吉诃德和桑丘的带领下，看见了卡斯蒂利亚被炙热的太阳照射的平原、尘土飞扬的道路和旅行者的小客栈；我看到了莫雷纳山区的橡树和荒野的灌木。我想象着荒无人烟的岛屿和北方孤寂的大海；我曾经到非洲的俾格米人国度生活过，在经历了小人国以后，他们一点儿不让我觉得惊讶；我到汤姆叔叔的木屋里也住过一段时间，还在黑奴们的陪伴下种过甘蔗；我学着明希豪森男爵的样子，在星月上绑上一根绳子，顺着它一路滑到地上。可是绳子太短了，于是我把上面那段剪下来接到脚下那段上，继续往下滑。有什么地方我没有和儒勒·凡尔纳一起去过呢？在水底深处，我看见：

……蓝绿色的水中，苍白的吃水线

有时候，一个沉思的溺水者从上面慢慢地沉下来……

是的，儿童的书籍维系着人们对祖国民族的情感，也蕴含着全人类的情感。这些书满怀着爱意描绘故土，同时也讲述着遥远的异国他乡，以及那里生活着未曾谋面的同胞。儿童的书籍虽然主要表现了各个民族独一无二的特点，但它们也如一个个使者，越过山川与河流，跨过浩瀚的大海，来到世界的另一头寻找友谊。每一个国家在给予的同时也在收获着。在无数的交流中，在人生最初的印象里，诞生了一个世界性的儿童共和国。

有多少人，受农事和工作限制，被关在车间或者矿坑里，才刚刚经历了人生最初的欢欣岁月后，就立即停止了一切的阅读活动！他们唯一继续读下去的只有报纸，从那上面看到了事故、自杀、犯罪和战争。童年的时候，当他们读着世界各国最优秀的作家代表们为他们书写的书籍时，一切都是和今天不同的。对立与斗争只在充满色彩的想象画面中才会出现。美好的故事从来不会互相伤害，它们互相融合，闪烁着明亮的光芒，一切都是和谐的。他们将永远记得！

如果你们看看周围和家人，如果你们去学校做一些调查，到儿童图书馆去看一看，如果你们把经典童书的题目记录下来，你们会发现那里面有德国的、英国的、美国的、俄国的、丹麦的、瑞典的、意大利的、法国的，它们友好地相处着。你们甚至会发现有的国家的孩子只读各种来自他国的作品。没有任何一个小孩会不欣赏喜欢来自东方西方、南部北部的优秀书籍。儿童的世界是一个充满宽容的地方。它不懂得什么是偏见，况且偏见实际上并不能真正阻止伟大作品的传播和被认可，但是偏见有可能令这个过程变得非常漫长；它不懂得战争，于是它会将早已被树立起来的荣誉与权威瞬间推翻。儿童比成人更忠于自己做出的选择，不会明天就鄙视今天热爱的作者，甚至假装从来没听说过他们的名字。儿童拥有一种更快速敏感的群体意识，因为他们不是通过评论，而是通过直觉来行事。儿童的世界少有孤芳自赏；对于作家来自何方，他们并不感兴趣，也无须知道作家们的个人状况和创作背景，比如这位作家的鼻子是不是很短，戴不戴夹鼻眼镜？“至于给孩子们读的书，在波士顿书店的柜台上也能找到日本的书。我们年轻的编辑派人前往世界各地寻找童话，再把它们翻译成英语；爱尔兰、非洲、意大利、俄罗斯的作家们，纷纷来到纽约定居……”[1]

粉红色的书籍微笑着跨过边境，对它们来说，思想的海关是不存在的。

贝尔坎穿着当地的服装一直走到印度的土地上；匹诺曹在美洲大陆上跳跃着；在墨西哥、巴西、阿根廷和智利，我遇见了小红帽；安徒生是无处不在的。如果我们追寻着鲁滨逊·克鲁索的足迹，我们就会发现，他生前到过的地方比他死后少很多！他先

---

[1] **Ernestine Evans,** ***Trends in Children's Books*** **(*The New Republic*, 10 novembre 1926).** 厄内斯丁·伊万斯的《童书发展的趋势》。——原注

是穿越了英格兰的土地，这是件容易的事情；接着他抵达了英格兰的殖民地，于是他被翻译成了阿拉伯语、毛利语、孟加拉语、叙利亚语、希伯来语、意第绪语、亚美尼亚语、波斯语。“自从自治地区有了它们自己的生活和文学，澳大利亚、南非、加拿大各国的鲁滨逊版本不计其数，甚至成为所有学校的经典书籍。就这样，笛福的杰作提醒着所有海外的小英国人，他们同那个被遗忘在欧洲大陆西部浓雾中的小小岛国之间有紧密关联。”[1]这是一本通过对勇气、探险精神、宗教情感、务实的性格，以及什么是舒适等问题的讨论描写来折射英格兰面貌的书；这是一本以爱国主义精神来维系散落在世界各地的大英帝国完整与统一的书。为了确定我们并没有弄错，来看看一个叫作乔治·保罗的英国人是怎么说的：“相比其他任何现代书籍，这是一本对英国人的思想影响最深远的书。每一个人都曾经把它拿在手上，每一个人都了解它的内容，甚至一些不认字的人对它也非常熟悉。这是一本让我们当代优秀的散文家都从中获得过灵感的书。这是一本讲述勇敢探索，以一种奇异又浪漫的方式唤醒灵魂的书。而它的内容很大一部分源自英国光荣的航海历史，以及一系列对大陆大洋的惊人发现……”

笛福也征服了法国。卢梭伟大的声音说，那是唯一适合爱弥儿的书籍。鲁滨逊的家族不断壮大扩张，像来到一片新土地上的

---

[1] Paul Dottin, *Daniel de Foe et ses romans*. Paris, Les Presses Universitaire, 1924. 保罗尔·多坦的《丹尼尔·笛福和他的小说》，令我们的工作变得容易了不少。——原注

移民，再过不久，它的后代就多到难以计数了。它在德国也取得了巨大的成功，甚至因此产生了一种新的文学类型。整个十八世纪都响彻着鲁滨逊的声音，他甚至还有了德国国籍。1779年，由坎佩[1]执笔，德国版的《新鲁滨逊》诞生了。1813年有了瑞士鲁滨逊，他坐着船来到海边，在猴面包树上为他的妻子和四个孩子建造了安身之处。他时快时慢，但终于征服了欧洲大陆、拉丁各国、斯堪的纳维亚，甚至那些不怎么理解他的斯拉夫各国也给了他一个位置。他征服着南美洲，在那里他的名字也变得更悦耳动听了……

这本书被全世界的儿童收为己有，书里的一幕幕将在他们的记忆中深深地烙下印记。这印记如此深刻，尽管人们可以将木板摧毁，但修复以后，上面依然清晰地显示着老笛福的记号。这是一场永远不会结束的表演，吸引一代代新的观众，不断获得新的生命！瑞士的、德国的鲁滨逊又被翻译成其他的语言："在国外，《新鲁滨逊》立即受到了欢迎。在第七版的前言中，坎佩骄傲地说他没有对这本已经被翻译成各种欧洲语言的书做任何的修改。从加的斯到莫斯科再到君士坦丁堡，它甚至被译成了俄语、现代希腊语和老捷克语。"这的确不是吹嘘。在1800年前，《新鲁滨逊》被翻译成了法语、荷兰语、意大利语、丹麦语、希腊语、克罗地亚语、捷克语，甚至古拉丁语。1853年有了一个改编的土耳其版本。这个德国人和那个瑞士人还走进了英国，在他们前辈

[1] 坎佩（Joachim Heinrich Campe，1746—1818），德国作家。——译注

的土地上开始了新的职业生涯。瑞士人从德国人身上借了一些灵感，在德国人的模仿者身上又可以看到来自瑞士人的特点。蒙托利厄女士[1]把《瑞士鲁滨逊》翻译得如此优雅细致，于是人们请她再给这个故事写个续集，而她也就写了。《瑞士鲁滨逊》的作者维斯[2]又模仿着蒙托利厄女士，也写了个续集。还有从法语翻译成英语的荷兰版鲁滨逊，或者从模仿的德语版翻译过来的撒克逊版、西里西亚版、勃兰登堡版……我们还是就此打住吧。这位英国英雄的家族树不停地继续成长着——儿子、孙子、曾孙子、侄子、侄孙子、曾侄孙子，各种关联的亲戚和私生子——长得比松柏还高大，所有的孩子和成人就这样聚集在树下欣赏着。

哪怕环绕在它们周围的森林都已经死去，这些树木却有幸继续生存着。所有不被时代淘汰的书籍，它们带来了美好的果实，投下了希望的种子。它们意味着对他人的了解，对异国的接受、尊重，遥远的友谊最终将以心与智慧的汇聚而画上句号。在新加坡或者加尔各答，从一个皮肤棕黄的孩子手中掉下一本《骑鹅历险记》。他读着讲述太阳是如何一路向着北方旅行，在水青冈、橡树、椴树、水果和鲜花的追随下一路驰骋。向前！太阳大喊着，有我在这里没有任何人需要担心。向前！可还是有好几个步行者开始有点犹豫起来。西北鹿和小麦同时停下了脚步，还有野生桑树的树枝、栗子树和山鸠。太阳继续赶着路，可它的微笑

[1]　蒙托利厄（Isabelle de Montolieu，1751—1832），瑞士作家，翻译家。——译注

[2]　维斯（Johann Rudolf Wyss，1782—1830），瑞士作家。——译注

和呼喊都慢慢显得有点徒劳了，要是还没有新的伙伴加入，那它就差不多要把动物、植物、人都抛下了；柳树丛、白色的猫头鹰、蓝色的狐狸、驯鹿和萨米人[1]。太阳跨过一座拦在它面前的高山，终于和北方之神——这个用睡眠和死亡侵吞一切的神灵，面对面地站在了一起。年老的洞穴巨人穿着冰雪的大衣，而他的身体只是一块岩冰。太阳微笑地照耀着，洞穴巨人哈着气，抖动着身体。可是突然太阳大喊着："我的时间到了。"它便滑了下去。风、寒冷和黑暗立即出现在眼前，是它们打败了太阳。在这样一个惊人的故事面前，一个印度的小读者将会多么吃惊呢？各种奇怪的令人难以置信的形状，各种震撼着他内心世界的念头，走进了他的灵魂中，令灵魂变得更宽广与更有人性。与此同时，在遥远的萨米边界上，一个孩子正裹着毛皮坐在火边读着《一千零一夜》。他看到天空中突然冒出轻巧建筑，阿拉伯风格的华丽宫殿，温热空气中果实摇晃的树木。那些他难以想象的动物，如毛皮细腻的骏马、龇牙咧嘴的骆驼，还有跟他全然不同的人群。一个全新的世界走进了他的灵魂中。若用一根无形的线串起流传到世界各处的书籍，它们将相互交织，联结人类情感的网络，生生不息且永无止境。

---

[1] 萨米人指拉普兰人（Lapons），是瑞典的少数民族，以游牧为主，主要饲养驯鹿，部分从事渔业。下文中的"萨米"指拉普兰（Laponie）地区。

21

儿童文学的民间气质：格林童话

在十九世纪初的德国，有两兄弟致力于一项有点特别，但多数人认为不适合严肃作家的工作。作为尖端的研究者，学识渊博的语言学家、历史学家、哲学家，雅各布·格林和威廉·格林四处收集童话。他们两个就好像是跟在蝴蝶后面追逐，首要目的是要抓住那些活着的童话。格林兄弟去询问朋友，请求他们把记忆中八岁的时候听大人们讲的童话故事找出来，然后由他们兄弟俩把这些故事记录下来。格林兄弟去找卡塞尔附近的农民，从他们那里获得一些具有当地特色的故事，又让邻居们重新叙述一遍这些故事。邻居们在重述中加入了不同的内容，格林兄弟把它们称为不同的版本，并且认为“版本”这个概念非常重要。

在一次愉快的会面中，我们认识了茨韦伦（Niederzwehren）村的一位农妇，在她的帮助下，我们得到了一部分在这里出

> 版的童话……这个依然十分健壮的女人，年纪五十多岁，被叫作菲曼太太[1]。她有一张充满活力与笑意的脸孔，清澈犀利的眼神，她年轻的时候一定是个美丽的女人。她把古老的传说清晰地保留在记忆中。她说，这不是所有人都能拥有的一种天赋……她谨慎、自信又极其生动地讲述着故事，并陶醉于讲故事的过程。她先以一种流畅的方式叙述着，然后如果我们提要求，她就会慢慢再重复一遍。她讲得那么慢，好让受过训练的我们可以完全按照她的口述记录下内容，很多段落就这样被保存了下来。一些近乎真实的内容在她的讲述中娓娓道来……[2]

格林兄弟甚至去找那些女仆，请她们用各自的方言来叙述故事，这当然令她们非常吃惊。其他地方的人们还会把童话当作礼物寄给格林兄弟。于是在 1812 年，有了第一部《儿童与家庭童话集》（*Kinder-und Hausmärchen*），一部尽人皆知的作品。

实际上，格林兄弟并没有真正完全实现他们的心愿。他们有着最崇高和最美丽的理想，哪怕并不一定是最切实际的。他们希望重新寻找到一种高于艺术诗歌和现代诗歌的诗歌作品，

---

[1] 菲曼太太（Dorothea Viehmann，1755—1816），是一位德国故事讲述者。她所讲的故事成为格林兄弟收集童话故事的重要来源，大部分发表在《格林童话集》第二卷中。

[2] W. Grimm, *Kleinere Schriften*, t. I, p.239.（威廉·格林的《短篇作品集》第一卷，第 239 页。）Cité par E. Tonnelat, *Les Frères Grimm*, Paris, Colin, 1912, p.201.（此段文字引自法国德语文学专家埃内斯特·托内拉 1912 年的著作《格林兄弟》，第 201 页。）——原注

《格林童话集》插图（1819 年版本）

既不存在人工雕琢，也没有高深技巧。它纯粹属于民间习俗活动，是人民大众的诗歌，也是唯一一种真正的诗歌。它来自一个民族的灵魂，如果说有哪一个国家有能力欣赏它、理解它，并且将它以原始的面貌保存下来的话，那一定是德国。一个民族总是把它自身独特的个性特点紧握在手中。那么又是什么启发孕育了这些特点，难道是上帝？诗歌源自神性，人类越是离神性遥远（与启蒙时代的拥护者们所相信的恰恰相反，人类并不是在走向进步，而是在逐渐衰退着），也就越无法再拥有创作诗歌的能力。寻找童话，或者一切原始诗歌的形式，那是一种将高贵再度植入国民思想的手段，令它能有一天重新走进神性的思想中。格林兄弟就是这样一步一步地思辨着。他们的分析推论并不是无懈可击的。但是，怀着浪漫精神和神秘主义，他们希望表现某些无法被展示的内容。如果说他们没能够证明童话是"关于神灵神性的思考，是抽象精神在生活中的存在方式；是旧的信仰以及宗教信条浸润在具有诗史色彩的元素中，伴随着人民历史的发展，所展现出的某种生动形式"，那么至少他们的工作也不是徒劳无功的。

民间故事那如同全麦面包一般馥郁的滋味，正是儿童在格林兄弟的作品中品尝到的，他们获得了来自这两位德国作家的馈赠。然而他们并不仅仅满足于获取，也想要将获得的再赠给他人，于是他们承担起了一项重大的责任——维护并传播人类真实而有活力的那幅画像，他们不但自己喜欢，还要令其他人也为之动容。这些不可缺少的重要角色，终于成功地（如儿童所希望的一样）由砍柴人、劳作者、退伍返乡的士兵、农场里的女孩、织布女工、手工艺人来担任。那是些对自己的职业了然于心的人，有能边跑边把野兔的毛都剃干净的人，有能在奔跑的马儿脚上装上蹄铁的人；那是些不晓得什么是害怕、强壮勇猛、对一切事物无所畏惧的人；还有善良温和，一拳打下去能把岩石劈成两半的巨人。至于汉塞尔与格蕾特尔这两个天真的小孩，则足以激起一切王公贵族的小孩们的兴趣。作为国王，如果他希望人们爱戴他，他就应该做个公正、善良、热爱和平、说话算话的人。有时候他还会被提醒着，人在痛苦和死亡面前，一律都是平等的。迷失自我是一件非常容易的事情。不来梅的音乐家的故事让人们哈哈大笑：不能再干活的毛驴、主人想宰了的猎狗、没有了毛的猫咪、浑身光秃秃的公鸡，它们把各自不幸的命运捆绑在了一起，向着一个需要优秀歌唱家的城市出发。猎狗爬到毛驴的身上，猫爬到狗的身上，公鸡站在猫的身上。它们突然出现在强盗们的窗户前，发出出人意料的声响，吓得强盗们拔腿就跑。四个同伴于是坐上了强盗们丰盛的餐桌。老百姓们可不能节衣缩食，毫无乐趣地过日子，他们也有胃口充盈、大吃大喝的权利，痛快畅饮美酒更是一点儿都不需要羞愧的事情。那个开口先许愿要啤酒，再要足够多的啤酒灌醉自己，最后再多要一木桶啤酒作为补给的巴伐利亚农民，大家对他总是充满了宽容。甚至后院里的动物，母鸡、鸭子、山羊都有权获得人们的好感。傲慢的人被打压得很低，谦逊的人则被放到了高高在上的位置，这样的世界也许会更美好一些。耶稣还不时在人间散步，他去敲了富人的门，可那富人拒绝给予他任何帮助，连狭小的粮仓里都容不下他。随后他来到了穷人的家，穷人把自己的床让给了他，还为他准备了第二天的早餐。耶稣承诺穷人可以替他实现三个愿望，穷人期盼永远拥有健康，终生饱食，最好还有一幢新房子。富人见状追着耶稣跑，耶稣也承诺了他三个愿望。富人总是有点迟缓愚蠢的，而不善良的富人更应该受到惩罚。于是在气头上的富人希望他的马断了骨头，这个愿望实现了；在火辣辣的太阳底下，富人背着他不肯扔掉的沉重马鞍走了大半天，怒火冲天地希望家里正享受着清凉的老婆坐在这马鞍上下不来，于是这个愿望也实现了；只剩下最后一个愿望，他不得已许愿让老婆从马鞍上下来，重获自由。最终他得到的只有悔恨、痛苦、恶言恶语和一匹死掉的马。而穷人则幸福、平静又虔诚地度过了余生。格林兄弟的童话是这个世界上唯一还存在着的一块净土——在这里，穷人最终会战胜富人。而这座充满英雄主义色彩的城堡的守卫人，正是儿童。

这是儿童的本能，因为如果从来没有人对他们说过，那么他们自己是无法想象到财富是凌驾于一切事物之上的。那些小富人，其实没有我们想象中的那么不讨人喜欢，他们没有一个会不想从无聊的沙龙客厅里逃出去，和平日为他们服务的司机、机械工、仆人、厨师等这些神秘却又更接近他们天性的人打成一片。那些人对他们来说更有意思，也更有吸引力。没有一个小布尔乔亚会不抓紧假期的机会，接近农场主、守卫或者渔夫的儿子。和格林兄弟一样，他们重新回到了人民中间。在“蓝色图书馆”和廉价小册子图书风行的年代，儿童索要的书籍里的主角就已经是人民了。小孩们甚至给加入写作队伍的成人们上了一课。如果一本书表达了所有作者想要说的，那么形式上有点重复又有什么关系呢？与其用古老错误的词汇，为什么不用清新又正确的文字呢？如果它们能表达得更清楚的话，有什么理由不使用它们呢？总而言之，儿童提醒着我们简单灵魂的强大力量，就如同简单艺术的伟大力量一样，永恒而不朽。

人们并不会常常跑到遥远的地方去寻找这些简单却伟大的力量。它们就在眼前，然而因为我们站在高处，有时候难免会看不见。儿童的书籍告诉我们，小心，你们开始变得有点僵硬了，你们忘记了真诚、天真和自发性，你们正走向表面和肤浅。幸好有我们在那里提醒你们，你们诞生于大地，触摸土地将令你们重新找到力量和勇气。

22

童话，一面流传千年的水镜

童话好像一面由水做成的美丽镜子，清澈又深邃。这深邃中，蕴藏着几千年来人类的经验。其内容一直可追溯到人类初生之时，维柯[1]所描绘的那个奇妙年代——人们自发地创造故事和符号，从此成为他们唯一的表达方式。当你们去追随探索一个儿童故事在岁月中留下的足迹时，当你们尝试顺着时间的阶梯爬到它的源头时，你们常常会发现它既古老又年轻。学者会向你们证明，在十八世纪的时候，我们就开始讲述它，或者它早已经在文艺复兴时期所收集的各种知识记录里出现过。它之所以会在文艺复兴时留下痕迹，是因为它源自中世纪的短小故事；中世纪并没有创造它，而是从古典时代将它拿了过来；而古典时代则是从东

[1] 乔瓦尼·巴蒂斯达·维柯（Giambattista Vico，1668—1744），意大利政治哲学家、历史学家。——译注

方借用了它。

你们还会发现这些故事在各国层出不穷，内容面貌上大同小异。它们存在意大利版、法国版、西班牙版、英国版、德国版、斯堪的纳维亚版。我们可以把这些不同的版本分成不同的类别，在分析了它们的元素构造以后，会发现它们之间的神似之处，以及它们在民间文化中所占的重要位置。在这片浩瀚的故事海中，有的故事来自一代代人自发的创造性，也有的故事则互相存在着关联性。我们所知道的是，这些儿童热爱的美好童话，这些被他们当作经典的故事，常常拥有在不同时间和空间中，一遍遍不断地被重新讲述的面貌；在听故事的时候，我们似乎回到了自己民族最遥远的过去。从前有一个……是的，从前，古老的往日，一个距离我们如此遥远，令我们没有能力描绘的年代。让我们一起来重新读一读《睡美人》：王子在睡美人的宫殿耽搁了一些时间，当他向国王父亲解释原因时，他说是因为在森林里打猎迷了路，所以他在一个挖煤人的茅屋里过了夜，挖煤人给了他一些面包和奶酪充饥。

> 他的国王父亲是一个善良的人，于是就相信了他。可是他的母亲却对这个说法不甚信服。她发现他几乎每天都要去打猎，而每次他又都有这样那样的理由来解释为什么在外面过了两三夜。她开始怀疑儿子一定是有了心上人。而王子就这样和公主共度了两年的时光。他们有了两个孩子：第一个是女孩，名字叫“晨曦”；第二个是男孩，他们给他取名叫“白昼”，

因为他比姐姐还要美丽。王后多次对儿子说，应该对眼前的生活感到满足，而王子却从来不敢将秘密告诉母亲。他虽然爱母亲，可对她又总是十分畏惧。因为王后其实是食人魔的后代，国王之所以娶她为妻，只因为她非常富有。王宫里甚至有人悄悄议论，说她食人魔的本性有时会不经意地流露出来。当看到小孩子从她眼前走过的时候，她实在非常想扑上去，把他一口吞进肚子里。这就是王子什么都不愿意说的原因……

沉睡了多年的美人，她是在春天大自然的呼唤下才醒来的吗？想要把晨曦和白昼吞进肚子的食人魔，她代表的是黑夜吗？或者这些人物都是从狂欢节的舞会上逃出来的，在童话中他们找到了永远的家园？当我们跟着巨人和小矮人有趣的步伐时，我们是否也正面对着造物主的伟大，感受着原始生命的璀璨活力，见证着无限的庞大和无限的渺小？当我们看到善良的仙女和邪恶的巫师间的争斗时，我们是否也见证了善与恶，生命与死亡之间永不停息的斗争？寻找童话语言的源头并不是我们的目的所在，然而这些异教徒，虽然他们也许并没有意识到，但他们也同样拥有着充满人性光辉的历史。

在孩子们重复的儿歌里，在英格兰和德意志，在一代又一代的传承中，传递的不仅仅是故事，还有故事所能触及的范围之外的，伴随着婚礼、洗礼和死亡仪式的，遥远的习俗与仪式的回声。天主教的习俗，异教徒的习俗……长久以来在日益消失的文明中，我们无法想象它们究竟还有多少。而在这些令很多人觉得简单天真的童话故事里，诗意的神话与人类最初想象的晨曦却在此交汇。听着这些故事，每一个都隐藏着几千年复杂历史源流的线索，把我们带到了动物和花草会说话的年代；把我们带到了灵魂会突然与身体分离的夜晚，追随着它的奇遇——我们藏身于一朵花、一棵树、一只动物或者一片平原。在那里，灵魂是一片烟，一个影子，一面镜子。魔法师们用起了魔法——他们挥动着魔法棒，随心所欲地变化着各种物件的模样；他们变换着弱小与强大；让死去的又得到了重生。他们把舒适重新放回到习惯了艰辛的身体旁边。为了获得食物和休息的权利，这些身体原本要不停地奋斗，可是突然之间，丰盛的餐桌、饮不完的美酒、幸福的睡眠却出现了。自然又重新成为一群幽灵，它们或慷慨慈祥，或凶狠残忍，拥有神秘的力量。白天是被期待着的，而黑夜则将太阳、月亮和星星都吓退了。[1]

我们难道不想被带到更遥远的地方，游走在犹疑不定、半梦半醒的灵魂中，飘荡在无法辨识真实和虚幻的自我，无法分清现实与梦幻的奇妙领地？向引领我们的力量投降吧，让童话带着我们，来到遥远的、连想象都难以进入的王国。让我们看着每一个在童话中反复被诉说的人类最初的故事，在那里找到我们思想的源头。威胁、被追踪，无法翻越的山脉，无法跨越的河流，一切想象的素材都在这些令儿童们喜欢的故事里汇聚着。小孩们和那

[1] Voir H. L. Koester, *Geschichte der deutschen Jugendliteratur*. 4. Auflage, 1927.（请参见赫尔曼·L. 克斯特所著的《德国儿童文学史》第四版，1927年。）——原注

些他们最喜欢的故事里的主人公一样，在他们展开的生命和他们沉沉的睡眠中，梦想着滑翔、飞舞，能一步跨出七里格之远。不可能与可能交织在了一起，意识与潜意识无法再被分开。宇宙万物还没有按照理性的法则被阻止，而是让每个个体在其每个行为中，做真实的自己。一切物质是有生命的，一切都是真实的，一切又都不是真实的。如此的混乱，丝毫不会令年幼的读者感到惊讶，这对他们来说再自然不过。他们好像依稀记得，两万年前穿越时空的那场奇妙旅行。

23

心中的彼得·潘

保持人性的精神与光辉，有时候恰恰要阻止这种精神本身，让它不要将触及过的一切都变成坚硬的金子；让它保留在未开垦的地方，如同美利坚免于被楼房和工厂侵略的那一片森林，保护珍藏它，让它远离干涸与僵化。

由星期五、格里布耶、白雪公主、匹诺曹、杜拉金将军占据的儿童的奥林匹斯山上，他们忙着畅饮自己的仙馔蜜酒，而堂吉诃德的马、小银驴和毛驴卡迪松则永生不死。然而，新的英雄依然在陆续抵达奥林匹斯山。最新加入进来的名字叫作彼得·潘，他是圣诞节来到这个世界上的。1904 年 12 月 26 日，他第一次出现在伦敦的剧院里。接下来的那些年，他出现在伦敦、爱丁堡、格拉斯哥、都柏林等地。在世界各地说英语的城市中，无须经过翻译，人们就听见了他的声音。用不了多久，在那些不说英语的国家庆祝圣诞节时，人们也即将看见他的身影。因为圣诞节正是适合做梦的节日。

大幕拉起，日常生活让位给了它无法媲美的美好世界。闪烁的灯光、舞台装饰、芭蕾舞、歌唱，让人们忘记了外面的烂泥和雨水。它就这样优雅地将观众们带入了一个美丽的梦。他们跟着彼得·潘，这个想办法让自己再也不会长大，保持着儿童的身体与心灵的小孩，开启了一场梦幻旅行。有一天晚上，彼得·潘从家里飞了出去，没有保姆，没有警察，没有任何成人拦着他，他向着肯辛顿花园，向那树枝摇曳的树林飞了过去。如果人们能够像彼得·潘那样飞翔，飞向那将成为永恒家园的花园，那么他们将不再是悲惨的人类，他们将摇摆、游走在两个世界的中间，一端是现实，一端是梦幻。人们住在九曲湖中央一个秘密的小岛上，唯一的伙伴是鸟儿。小鸟们为人们搭建了一个飘浮的鸟巢，夜晚穿越湖水可以到达河岸的另一边。白天的时候，人们重新回到自己的小岛上去，舒适地在那里休息，再没有邪恶环绕着他们，再没有利益和嫉妒。人们认识了老所罗门—— 一只庄严智慧的乌鸦。人们听得懂喜鹊、乌鸦和其他先生女士的语言。喜鹊、乌鸦虽然并不将人们当作平等的生命来看待，但是它们也能原谅人们不像鸟儿那样用尖尖的嘴巴啄食，而是用双手把食物送进嘴里，因为小鸟们是宽容仁慈的。人们整天无所事事，只忙着制造短笛，用笛声模仿微风吹拂叶子的声音，昆虫在草丛里吟唱的声音，青蛙在河水里跳跃的声音，那是他们简单的娱乐。夜深人静时，他们的笛子甚至能吹出夜莺一般的吟唱声。

儿童终于认识了仙女，真正的仙女，而不是平时那些人们还没怎么接触过就尝试去描绘的仙女。这些真正的仙女，她们存在的目的只是为了存在本身的快乐，以及让地球变得精彩纷呈。她们有点健忘，有点任性，有点胆小。如同上蹿下跳、东躲西藏的兔子，在她们疯狂的脑袋瓜和很小很小的心里，却有那么一点儿空间是留给善良和感恩的。她们脆弱的身体让人们以为她们是一朵朵花，不过别忘记，她们的确既是花朵，又是仙女。当夜晚来临，花园里的栅栏被关上，她们确定没有人会来打扰她们时，狂欢派对立即就开始了。当树木因为长久站立而感到疲倦，开始边散步边聊天的时候，仙女们则来到了她们聚会的地方，她们欢叫、游戏着，她们在彼得·潘的笛子声中翩翩起舞。

彼得·潘并没有成为一个不再拥有意识与感知能力的人，他保留着与其他人一样的感受爱与痛苦的特权。即使是仙女们，她们也品尝过痛苦，领略过爱。有些心肠硬的花仙女，原先对热爱她们的人总是不屑一顾，可一夜之间，她们居然也学会了爱，没有人知道这究竟是什么原因。这样的情感又总是隐约模糊、断断续续的。不过对于处在现实与梦幻之间的生命来说，那是再自然不过的事情了。他们最强烈的情感是对过往的怀念、依恋，对他们来说，并没有什么是难以忍受的，不论是心中的愿望还是不确定。彼得·潘虽然快乐，却也从来没有放声开怀地大笑过。有一天，他冒险回到从前的家里，站在窗外往里面望进去，他看见母亲已经从另外一个孩子身上得到了安慰，抚平了他的离去所带来的忧伤。如果没有那座令他欢乐无忧的小岛，他是会有那么一点儿绝望的。然而有了小岛的他，如今只是悄悄地失望，静谧地忧伤。快乐亦是如此。他在走廊里遇上了梅米。勇敢的梅米为了能在肯辛顿花园过夜，必须在花园栅栏被关上的那一刻从仆人的眼皮底下逃出来。彼得·潘对小女孩们一无所知，可他从梅米的身上发现了某种如鸟巢般温暖柔软的东西；能成为她眼里善良、勇敢、强壮的人，彼得·潘感到非常幸福；他愉快地将嘴唇贴在她的脸颊上；他想带着这个从天上掉下来的女孩坐上稻草船穿过九曲湖，把她带到那些没有人能踏上去的小岛，和他生活在一起，从此忘记她的母亲、哥哥和她的家。不幸的是，就在梅米准备听从他的建议来到河岸边时，她却被栅栏打开的声音吓得逃跑了。为了安慰彼得·潘，她承诺他第二天晚上一定回来。那个晚上，彼得·潘等着她，她却再没有出现……

成人以带听话的小孩子去剧院为借口，悄悄期待着彼得·潘和他的表演。他们总是需要这样一个借口来原谅自己。如果哪天你无意中撞见他们正读着那些不属于他们那个年龄的故事，他们会向你解释道，那是因为他们手里没有其他的书，或者了解那些令他们的儿子或者女儿着迷的书究竟在讲些什么，是他们的责任。

其实，他们最好把这些借口都省略了，也不要脸红，大大方方地向着那些带给他们快乐的小岛走去。彼得·潘一直都在肯辛顿花园里。他坐在仙女给他的山羊上，每晚散着步。从他的笛子里不时传出动人美妙的音乐。或者他躺在草地上，小脚悬空摇摆着，快乐得叫人难以描绘。他和他的小船、笛子、山羊和仙女们一起，过着玫瑰色般浪漫的生活，而其中最美好的是，他永远都不会长大。那些从花园的栅栏边走过的人，如果记得有这么一个小孩的存在，可以尝试着捕捉他在黑夜中如夜莺一般温柔的歌唱，如果真的听见他的歌声，那就代表灵魂依然很年轻。

24

儿童的目光，儿童的心灵

儿童将我们带回活力的源头，见识过了那么多奇怪的事物，我们疲倦又虚弱。儿童又呼喊着我们，邀请我们去看去喜欢因为有他们的存在而变得简单又有力量的画面。我说的不仅仅是被印刷出来的文字，还有与文字相衬的多彩的图画。从托马斯·比尤伊克[1]在木头上雕刻活蹦乱跳或恣意飞翔的动物起，一直到阿瑟·拉克姆[2]在插画里描绘年轻、温柔又复杂的灵魂。我喜欢那些热衷于寻找新事物，无法忍受平凡庸常，并会毫不犹豫地将它们抛到一边的革新者；但是我也必须承认，有的时候用儿童的眼光重新审视世界，是一件多么美好的事情。

有时候儿童的视角会让我们少了几分快感，因为他们不懂得

[1] 托马斯·比尤伊克（Thomas Bewick，1753—1828），英国版画家。——译注

[2] 阿瑟·拉克姆（Arthur Rackham，1867—1939），英国插画家。——译注

我们所习惯的抽象游戏。也许有时候，看似内涵复杂的故事却让他们觉得十分容易理解，好像他们已经经历了好几次生命，留存着一些模糊的记忆。或者是因为他们对还未成形的未来有着预知的能力；抑或是因为直觉在他们身上创造着奇迹，让他们可以少走好多路就能到达目的地。然而这些却只是少见的光芒。我们还是不要夸张，不要将这些能力全都加到他们身上。他们尚不具备组织运用理念的能力，但这对他们来说却绝非不足。

儿童拥有新鲜的情感，他们心里没有消沉晦涩的快乐，没有黑暗与罪恶。童年是不懂得体会忧愁的滋味的，也不懂得将痛苦紧握在手中慢慢品尝。因为它还没有将灵魂中的躁动磨平，不会去审视每一个印象，看看最终会变成什么模样；它也不会好奇地追踪着情感生活中的每一个细枝末节，因此能保持着健康。我们会发现，儿童需要的那些作家，他们总相信在现实以外还存在着另一个世界，对事物本身感兴趣，而并非仅仅为了权衡评判他们接收到的情感。儿童既不要业余作家，也不要无法说服他们的写作者。一切来到世界上的生命，必将带来属于它的自私，有谁会否认这一点呢？我常常自问，为什么人们不相信、不支持“人生来是善良的”的这一观点。即使儿童身上充斥着自私，他们也不会从中获取任何的虚荣自满，他们只是没有能力将它纳入正常行为规则的轨道。而把自私最终变成以自我为中心，那是成人的发明，不属于儿童。一种本能让他们走在生命的大道上，推动着他们走向道德和正确的社会价值。而一个又一个世纪的经验又告诉我们，这样的道德和社会价值正是童年最理想优秀的守护人。

“人类情感中的最初动作，渴望在一起的欲望、行善之心、同情心、温柔又充满信任的兄弟之情，在幸福温馨的家庭氛围中将会很早表现出来。一直到十二岁以前，对儿童来说，有能力进入的情感，是他对理想人物的兴趣，他自身的安全感以及舒适感。他对慷慨给予的需要，将勇敢和荣耀看得极为重要，这些都出于他与生俱来的恐惧。对希望得到赞扬、忠诚这些情感的依恋，则是因为他自身对他人具有依赖性。家庭情感满足了他尊重权威的兴趣和本能，对公正的热爱源自他自身的弱点，而对自由的欣赏唤醒了他的经验和对纪律的服从。”[1]女孩子们需要那些能向她们展示母性情感的书籍。对那些能够照顾家庭日常烦琐细节，既能给予所爱的人情感上的安全，同时又能保证物质生存上的舒适和愉悦，集玛莎与玛利亚[2]的优点于一身的女主角，她们总是充满了好感；男孩们则渴盼讲述勇敢的书籍，懦弱的人总是下场凄惨，说谎的人不但会被揭露其真面目，还会受到惩罚，虚荣的人也一定不会有好下场；在对立竞争的故事里，总是最优秀的那一个获得胜利，奇遇和危险会让人心神激荡，越发强大。无论是男孩还是女孩，他们都要那些结尾是真实和公正取得胜利的书；强盗可以很可亲，但是胜利的还是警察，除非我们创造出一些浑身上下都是优点的强盗；男孩女孩都能忍受争吵和不愉快，但是故事最

[1] Scheid, *L'évolution du sens littéraire chez l'enfant*（*Revue pédagogique*, janvier 1912）. 沙伊德的《文学感在儿童身上的演变》(《教育杂志》，1912 年 1 月)。——原注

[2] 玛莎与玛利亚为《圣经》中的两个人物。——译注

后必须以友好地握手和拥抱收场；不幸也是被允许的，但是它必须转换成幸福。不要心灵被蒙上面纱的忧郁人物，不要永远没法被逗乐的致命女子，不要阴郁的悲剧；而恰恰相反，要“他们结婚后幸福地生活在一起，有了很多很多的孩子”。男孩女孩们都要求你们向他们讲述最先进的发明，他们鄙视那些到现在还在坐着汽车或者飞机的人物！人类工业的大胆和成功丝毫不会让他们觉得难以想象，相反，它们显得如此自然，又令人期待。在还没有潜艇的时候就能在海底下行上两万里，这一点儿都不会令他们觉得奇怪。我们属于老去的文明，儿童称我们颓废衰落，也不是从昨天才刚开始的。我们的品味是如此麻木，只有精致、复杂的菜肴才能打动我们。然而我们依然欣赏能走进灵魂深处的书，它们在我们的心灵上盛开着奇异的花朵。有时候，让我们心存感激地想着那些通过儿童、为了儿童，完成了某种奇迹般创新的作家；那些同安徒生一样，重新找到了优雅、清新和天真秘诀的作家。是这些纯净的气息，令新一代人刚刚抵达这个沉重的世界，就能够轻松地呼吸起来；那是一种健康的空气。金发的睡美人在一个童话里说道：“在这附近有个深六里的洞，入口的地方有两条龙，它们眼里和嘴里都喷着火焰，阻止人们走进去。当我们走到洞里面的时候，会发现又有一个巨大的洞。从洞里走下去，里面满是癞蛤蟆和毒蛇。洞的深处有一个坑，里面隐藏着一个流淌着美貌和健康的喷泉。我要的就是这泉水，一切被它洗过的东西都会立即变得美妙绝伦……”

孩子们所喜欢的，有很多都是爱情故事：一头野兽是怎样爱护一个最美丽的女人的，他如何谦卑、竭尽所能且固执地爱着她，一直到她也爱上了他；一个王子为了对他的公主忠诚不变，忍受着变成青鸟的命运；小吉尔达追随小凯来到冰雪女王的宫殿，因为没有了他，她无法生活；小美人鱼如何爱上了陆地上国王的儿子，她因为爱走向了希望，又因为爱而得到了永生……对于爱情，儿童懂得些什么呢？什么都不懂，和彼得·潘一样。然而在这类故事中，他们所感受到的却是一系列最高贵的情感：为了爱做出的牺牲，没有任何强权能压迫的、早已建立起的和谐，对完美的追求，对理想力量的寻找……而这些正是这个世界最有力的保护者。柏拉图说，爱情事关心灵，它是两个灵魂在奔跑中寻找着理想的形状，它是最高融合的象征。这样的理论一点儿都不会让孩子们觉得惊讶。

25

夜空闪耀的星星：英雄故事

英雄主义始终在我们古老的土地上被延续维持着，不然为什么每一代年轻的灵魂都会重新开始吟唱关于人类的史诗？它出现在献给孩子们的最美好的作品中，它呼唤着在不久的将来，将为人类的共同利益做出牺牲的高贵心灵。

查尔斯·金斯利[1]把他为自己的孩子们——罗斯、莫里斯和玛丽写的书取名叫作《希腊英雄传》(*Les Héros*)。

在地中海透明的光线中，他树立起鲜活灵动的善良人类的雕像，让他们从希腊诗史中喷射而出。他讲述了伊阿宋如何经历了一系列令人心惊胆战的危险后，得到了金羊毛；杀死了怪兽的忒修斯如何劫持了海伦，且丝毫不害怕弥诺陶洛斯的攻击，并赢得了胜利；珀尔修斯如何从美杜莎手中解救了天空和土地；俊美的

[1] 查尔斯·金斯利（Charles Kingsley，1819—1875），英国作家、神学家。——译注

珀尔修斯，被人们称作宙斯的儿子，才只有十五岁，就比岛上其他的男人长得都高大；珀尔修斯在摔跤、跑步和掷标枪的比赛中总是拿第一。在决定冒险以前，他锤炼着自己的灵魂和身体，因为英雄不是那些行走在普通道路上，容易自我满足又时而放弃的人；英雄也不是那些以为将自己的羊全部献祭给神灵，变得一无所有，就算是完成了责任的人。有一天雅典娜对他说：

“我是雅典娜，我知道世上所有终将死去的肉身的思想，我能分辨谁是勇敢的，谁是懦弱的。如黏土般的灵魂令我不屑一顾……它们像田野里的牲畜一样恣意吃食，将自己养得肥硕；它们像牛棚里的牛，吃着不是自己播种的草；它们像长在地上的南瓜，盲目地生长繁衍，却不会给予路人任何的阴凉。待成熟时，摘取它们的将是死亡。它们没有人爱就来到地狱，名字消散在人间。

“而火焰一般的灵魂，我将会令它们燃烧得更加耀眼。勇敢的灵魂，我则给予它们超出人类的力量。他们是英雄，诸神的儿子……我把他们推向不同寻常的道路，让他们同泰坦以及巨兽——那些人和神共同的敌人战斗。我将他们推向怀疑和忧伤，危险和战役；他们其中一些会在青春年华中倒下，没有人知道他们将死于何时何地，另外的一些则会获得光荣，在尊严和神采奕奕中老去。但是他们最终的命运究竟会如何，我并不知道。除了宙斯——人与神共同的父亲，没有任何人能提前知晓。珀尔修斯，现在请你告诉我，在这两种人之间，你选择哪一种？”

珀尔修斯不愿意像田野里的牲畜一样，也不愿意在没有触及荣耀和爱之前，就被死神抓在了手里。他穿着带翅膀的鞋飞翔在大海上，带着隐形的宝剑，反射着蛇发女妖戈耳贡脸孔的盾牌。他打败了巨兽。他感激众神，正如英雄们所应该做的那样。因为没有神，就没有他的力量和智慧。他平静地统治着阿尔戈斯，做到了生命中最困难的事，即在胜利后依然做着自己，意志坚强而全无骄傲。然后他死去了，至少他看上去是死去了。白天，在诸神的陪伴下，他身处云霄之外连风都吹拂不到的高山上。夜晚，他成为一颗星星。每个黑夜里，人们都能看见它闪烁在高空中，为迷路的水手遥指着方向。

参考文献

本研究曾分三次发表于《两个世界》杂志:《意大利儿童文学》部分发表于 1914 年 2 月 15 日;《儿童是如何阅读的》发表于 1927 年 12 月 15 日;《安徒生的魅力》发表于 1930 年 6 月 1 日。此后又经过了不少发展过程才形成了此书。《新文学》和《费加罗报》也刊登过一些章节。我首先想在这里愉快地表达我对出版刊登这些文字的人们的感谢。

此外，如果要一一细数，在法国和国外提供给我各种信息、观察、考证、记忆，以及帮助我进行关于儿童阅读调查的人们的名字，那么这个名单将会有好多页。所有的这些朋友都将在这里找到我对他们最诚挚的感谢。

是否有必要在此添加关于此研究课题的庞大图书列表？它可能既不符合本书的特点，也同它的广度不吻合。因此，在这里我将只列举一些对我的研究尤为重要的著作。

I

G. FANCIULLI e E. MONACI, *La letteratura per l'infanzia.* Società editrice internazionale, Torino, s. d. (1926).

HERM. L. KOESTER, *Geschichte der deutschen Jugendliteratur.* Braunschweig, Berlin, Hamburg, G. Westermann, 1927(4^{e} Auflage).

M. LABRY-HOLLEBECQUE, *Les Origines de la littérature enfantine* (*Cahiers de l'Etoile,* troisième année, n° 17, septembre-octobre 1930).

C. BURNITE, *The beginning of a literature for Children* (*The Library Journal,* 1906).

M. T. LATZARUS, *La littérature enfantine en France dans la seconde moitié du dix-neuvième siècle.* Paris, Presses Universitaires, 1923, in-8°.

MARY-ELIZABETH STORER, *La mode des Contes de fées* (1635—1700). Paris, Champion, 1928.

ANDRÉ HALLAYS, *Les Perrault.* Paris, Perrin, 1926.

JEANNE ROCHE-MAZON, *En marge de l'Oiseau Bleu* (*Cahiers de la Quinzaine,* dix-septième cahier de la dix-neuvième série,1930).

JEAN HARMAND, *Madame de Genlis. Sa vie intime et politique,* 1746—1830. Paris, Perrin, 1912.

ANDREW W. TUER, *History of the Hornbook.* London, The Ledenhall Press, 1897.

JOHN ASHTON, *The chapbook of the eighteenth Century.* London, Chatto and Windus, 1882.

CH. WELSH, *A bookseller of the last century.* Printed for Griffith, Farran, Okeden and Welsh, successors to Newbery and Harris, at the Sign of the Bible and Sun, West Corner of St Paul's Churchyard, London; and E. P. Dutton and Co., New-York, 1885.

CONSTANCE HILL , *Mary Edgeworth and her circle in the days of Buonaparte and Bourbons.* London, John Lane; New-York, John Lane Co, 1909.

GESIENA ANDRECE,*The Dawn of juvenile literature in England,* Amsterdam, H. J., Paris, 1925.

A. C. MOORE, *Roads to Childhood.* New-York, S. H. Doran, 1920.

La Nouvelle Education, revue mensuelle,1921—1931.

II

ANATOLE FRANCE, *Le livre de mon ami*, Paris.

PAUL DOTTIN, *Daniel de Foe et ses romans.* Paris, Les Presses Universitaires, 1924.

EMILE PONS, *La jeunesse de Swift et le Conte du Tonneau.* Strasbourg, Imprimerie alsacienne, 1925.

S. GOULDING, *Swift en France au dix -huitième siècle.* Paris, Champion, 1924.

C. M. HEWINS, *Books for the Young.* New-York, Leypoldt, 1883.

CHARLES WELSH, *Children's books that have lived* (dans *The Library. A quarterly review of bibliography...* New series, vol.I, London, 1900 et dans le *Library Journal,* vol. 27, 1902).

C. M. HEWINS, *Report on lists of children's Books with children's annotations* (*Library Journal,* vol. 27, 1902).

W. C. BERWICK SAYERS, *The Children's Library,* London, Routledge, 1912.

ARTHUR GROOM, *Writing for Childern. A Manual of Juvenile fiction.* London, A. and C. Black, 1929.

A. DUPUY, *Un personnage nouveau du roman français: l'enfant.* Paris, Hachette, 1930.

CALVET (ABBÉ J.), *L'enfant dans la littérature français.* Paris, Lanore, 1932, 2 vol. in -12.

III

Children's Books in the United States, Prepared for the World Federation of Education Associations. Chicago, American Library Association, 1929.

Children's Library Yearbook, Number Two. Chicago, American Library Association, 1930.

Children's Books from twelve Countries. Chicago, The American Library Association, 1930.

BERTHA E. MAHONY and ELINOR WHITNEY, *Realms of Gold in Children's Books.* New -York, Doubleday, Doran and Co, 1929.

FLORIS DELATTRE, *La littérature enfantine en Angleterre* (*Revue pédagogique,* 15 août 1907).

C. BURNITE, *The beginnings of a literature for Children* (*The Library Journal,* 1906).

KATHERINE ELWES THOMAS, *The real personages of Mother Goose.* Lothrop, 1930.

P. LELIÈVRE, *John Bunyan et le Voyage du Pèlerin.* Paris, 1896.

CHARLES SCHMIDT, *Bibliothèques pour enfants (Revue de Paris,* Ier juin 1931*)*.

MADELEINE CAZAMIAN, *L'autre Amérique.* Paris, Champion, 1931.

MARCELLE TINAYRE, *Introduction à Hans Christian Andersen. Contes choisis.* Traduction et notes par Pierre Mélèze. Paris, La Renaissance du livre, s. d.

ANDRÉ BALSEN, *Les illustrés pour enfants.* Tourcoing, Duvivier, 1920.

IV

G. FANCIULLI e E. MONACI, ouvrage cité au chapitre I.

M.MESSO, *Le origini ele vicende del* Cuore *di Edmondo de Amicis*

(*L'Illustrazione italiana,* Ier octobre 1922).

JACQUES ZEILLER, *Madame de Ségur etles enfants.* Fribourg (Suisse), Imprimerie de l' œuvre de Saint -Paul, 1911.

M. SULLY, *Madame de Ségur.* Paris, Lethielleux, 1913.

M. POPP, *Julius Verne und sein Werk,* Wien, Hartleben, 1909.

EMILE HENRIOT, *Sur un imagier* (*Le Temps,* 27 septembre 1931).

V

PAUL DOTTIN, ouvrage cité au chapitre II.

E. TONNELAT, *Les frères Grimm.* Paris, Colin, 1912.

M. GIBB, *Le roman de Bas de Cuir.* Paris, Champion, 1927.

GÉDÉON HUET, *Les contes populaires.* Paris, Flammarion, 1923.

MANNHARDT, *Wald-und Feldkulte.* Berlin, Borntraeger, 1875—1877, 2 vol. in-8°.

FLORIS DELATTRE, *Le Peter Pan de J. M. Barrie* (*Revue pédagogique,* 15 décembre 1908).

SCHEID, *L'évolution du sens littéraire chez l'enfant* (*Revue pédagogique,* janvier 1912).

A. M. JORDAN, *Children's Interest in Reading.* The University of Carolina Press, 1926.

E. EVANS, *Trends in Children's Books* (*The New Republic,* 10 novembre 1926).

G. STREM, *Les contes populaires et les aspirations humaines (La Revue mondiale,* 15 mai 1931).

Mlle HUCHET, *Les livres pour les enfants* (*La Nouvelle Education,* mars 1927).

M. LABRY-HOLLEBECQUE, *Les charmeurs d'enfants,* Préface de M. Edouard Herriot. Paris, Baudinière, 1927.